JÚLIO EMÍLIO BRAZ

AS HORRIPILANTES NARRATIVAS ALIMENTARES DO CLUBE CANIBAL

CB014297

DEVIR

Júlio Emílio Braz, © 2017. Todos os direitos reservados
Copyright da arte da capa: © 2017 Mozart Couto

Publisher: Douglas Quinta Reis
Assistentes Editoriais: Maria Luzia Kemem Candalaft e Marcelo Salomão
Ilustração da Capa: Mozart Couto
Diagramação: Tiago H. Ribeiro
Capa: Marcelo Salomão

DEV333135
ISBN: 978-85-7532-684-8
1ª Edição: publicada em novembro/2017

Dados Internacionais de Catalogação na Publicação (CIP)
(Câmara Brasileira do Livro, SP, Brasil)

Braz, Júlio Emílio
As horripilantes narrativas alimentares do clube canibal / Júlio Emílio Braz. -- São Paulo : Devir, 2017.

ISBN 978-85-7532-684-8

1. Ficção brasileira I. Título.

17-09699 CDD-869.3

Índices para catálogo sistemático:

1. Ficção : Literatura brasileira 869.3

Todos os direitos reservados e protegidos pela Lei 9610 de 19/02/1998.
É proibida a reprodução total ou parcial, por quaisquer meios existentes ou que venham a ser criados no futuro sem autorização prévia, por escrito, da editora.

Todos os direitos desta edição reservados à

DEVIR

BRASIL
Rua Teodureto Souto, 624
Cambuci
CEP 01539-000
São Paulo — SP
Fone: (55) 11 2127-8787

PORTUGAL
Pólo Industrial Brejos de Carreteiros
Armazém 4, Escritório 2
Olhos de Água
2950-554 — Palmela
Fone: 212-139445
email: devir@devir.pt

Assessoria de Imprensa: Maria Luzia K. Candalaft - luzia@devir.com.br

SAC: sac@devir.com.br

visite nosso site: www.devir.com

OMNE QUOD RARUM EST, PLUS APPETITUR*

(Tudo o que é raro, apetece)

Para minha grande e inestimável
amiga Bettina Neumann, cuja ajuda
foi inestimável para a conclusão de
alguns dos textos deste livro.

E para Douglas, com imensa gratidão.

UMAS POUCAS PALAVRAS SOBRE O CLUBE

Não existem datas comemorativas, estatutos, nem mesmo registros históricos mais significativos. Nem mesmo o clube é conhecido pelo nome que o identifica e o qualifica para cada um de seus poucos e seletos sócios. A oralidade é algo comum a cada um deles e privacidade, condição *sine qua non* para qualquer um que tiver o privilégio de cruzar suas pesadas e centenárias portas. Nem mesmo pegar na pesada aldrava bicéfala em forma de dragão é algo tão fácil como a princípio qualquer um pode imaginar.

Para fazê-lo, primeiro você tem que descobrir onde é o clube. Nenhum de seus sócios fica por aí dizendo a Deus e ao mundo o seu endereço. Dizem que tal indiscrição pode render problemas sérios com os outros comensais, entre eles, nenhum tão preocupante quanto vir a fazer parte do cardápio exclusivíssimo do clube. Diz-se a boca pequena que a origem do clube pode ser encontrada entre um pequeno grupo de clientes de José Ramos, o linguiceiro da Rua do Arvoredo.

Nos dias de hoje pouca gente associa qualquer coisa ao nome, exceção, talvez, àqueles turistas que circulam em *tours* pela cidade e que lá pelas tantas passam pela antiga Rua do Arvoredo, hoje a pacata Rua

Fernando Machado, e ouvem a história do sujeito que pelos idos de 1864, juntamente com a amante, uma tal de Catarina Pulse, se dedicou a matar pessoas e transformá-las em linguiças que eram vendidas e até muito procuradas na cidade. Muita gente, ludibriada em sua boa fé, exconjurou tão nefando consumo e esqueceu o assunto. No entanto, uns poucos consumidores, inconformados com o fim de seu fornecedor e incapazes de conseguir um outro (fazer o que, né? A crise de abstinência mostrou-se mais forte do que o bom senso e um singelo churrasco de fim de semana revelou-se pouco satisfatório no que tange a saciar tão peculiar interesse alimentar e porque não dizer, culinário), resolveram criar uma instituição onde pudessem preservar seu interesse por tão fina e rara iguaria. Verdade ou não, há mais lacunas do que muita informação até no cardápio do clube que, aliás, nem se apresenta como Clube Canibal, mas antes com o simpático e inofensivo nome de Clube de Arte e Educação Culinária.

Discretas e restritas a um público extremamente pequeno por ser igualmente selecionado, as reuniões desse grupo singular de comensais não obedecem a regras inflexíveis e sequer se sabe com detalhes como e quando irão ocorrer. Nem de que maneira e sob que circunstâncias são informados. Naturalmente, diante disso, os boatos, verdadeiras lendas urbanas, preenchem da melhor maneira possível os imensos vazios na invisibilidade de que se reveste o sombrio Clube Canibal. Sabe-se que gente influente e das mais poderosas nas três estruturas de poder da cidade, do estado e do país estão entre seus sócios. Inexistem ideologias, religiões e em muitos casos, sequer distinções sociais. “A antropofagia é democrática!” era a frase de um conhecido membro do clube, emérito professor universitário e afamado membro da esquerda nacional, entre nós até os dias de hoje (graças, em parte, a um outro membro do clube, militar identificado com a extrema direita por ocasião do golpe de 1964, que o bandeou em segurança para os lados do Uruguai mesmo tendo ordens de prendê-lo e até mesmo, matá-lo).

Muitas investigações foram abertas e logo depois abandonadas, ao longo de mais de um século, por conta das ações ou informações sobre as atividades do Clube. Nos tempos de Júlio de Castilhos e nos anos sangrentos da Revolução Federalista (por sinal, período de farto fornecimento de material para banquetes extraordinários, realmente inesquecíveis), chegou-se a invadi-lo. No entanto, poucos sobreviveram a tais investigações e o pobre tenente que invadiu o Clube chegou a ser servido em um grande banquete, uma sexta-feira especialmente chuvosa, do qual participaram muitos de seus superiores hierárquicos, entre eles, um general de figura rotunda e incalculável circunferência ventral, conhecido apenas pelo apelido de Sancho Pança.

Aliás, essa é outra particularidade do cabedal de regras não-escritas do Clube: excetuando-se a alta direção, de modo sombrio e um tanto ameaçador, conhecida como o Conselho Infernal, que se conhecem e se tratam pelos nomes, todos os demais membros do Clube Canibal são conhecidos por apelidos e pseudônimos que têm a liberdade de criar e pelos quais são reconhecidos. Entre seus sócios, encontramos não apenas proeminentes figuras da cidade de Porto Alegre ou do estado. Membros existem por todo país e segundo se menciona, até em países vizinhos como o Uruguai e a Argentina. Circulam boatos de que clubes similares existem em várias partes do Brasil e que o de Buenos Aires chega a rivalizar com o existente em Porto Alegre em quantidade de membros e no grau de influência que exercem em amplos setores da sociedade daquele país.

As relações com clubes de igual interesse são excepcionalmente antigas em se tratando de cidades como Londres, Paris e Berlim e ainda se conhecem e se contam a história do grande banquete oferecido a um grupo de nobres ingleses que visitou o clube nos primeiros anos do século XX. Outra história bem conhecida é a do jovem e talentoso escritor argentino que logo após uma recepção no clube, pôs-se a escrever um extenso relato sobre a memorável noite. Sabe-se que foi o prato principal em uma reunião extraordinária na semana seguinte da qual participou uma exuberante prostituta judia, para quem ele lera seus escritos durante uma alegre bebedeira, grande apreciadora da fina iguaria (seu entusiasmo era tamanho e seus talentos culinários tão ecléticos – entre outras coisas, ela instituiria todo um cardápio *kosher* para membros da colônia hebraica de várias partes do país que traria para o clube – que viria a se tornar até os dias de hoje a primeira e única presidente do clube). Claro, apenas os grandes senhores do Conselho Infernal e o descuidado e linguarudo autor portenho sabem o seu nome (ele, por razões óbvias, inclusive gastronômicas, não pode mais dizê-lo). Para os anais do Clube Canibal ela seria para todo sempre *Kuchmistrz*, algo assim como *Cozinheira* em polonês (sabe-se que veio de algum vilarejo pouco conhecido ao sul de Cracóvia).

Aliás, por mais horripilantes que possam parecer (e na verdade, são mesmo), cada uma das incontáveis narrativas do famigerado (porém fascinante) Clube Canibal, reais ou inventadas, críveis ou absolutamente inverossímeis (até porque sequer sabemos se existem e existindo, quem as compilou, e se compiladas, onde estão), são extraordinárias. Existem informações de que tais relatos existem e foram transcritos de originais escritos por muitos dos membros do Clube ou elaborados a partir de testemunhos coletados por outro personagem igualmente misterioso do Clube conhecido somente como O Escriba.

Não se sabe muito sobre eles, nem mesmo como eram selecionados ou se efetivamente eram. Diz-se que simplesmente surgiam durante as reuniões e se entretinham conversando ou ouvindo as pessoas. Inexistiam eleições e muito menos indicações para escriba e nem eram muitos. A responsabilidade era imensa. Qualquer informação que chegasse aos ouvidos de outros que não fossem membros do clube e a responsabilidade recairia sobre os escribas com os resultados funestos e gastronômicos que todos conheciam. Ser escriba era vocação, diziam. Nascia do interesse em ouvir, dialogar, registrar para a posteridade, mesmo que esta fosse uma posteridade restrita aos membros do Clube Canibal. Algo de grande importância.

A história do Clube e de seus membros era responsabilidade deles. Os incontáveis fatos envolvendo os comensais insondáveis (como gostam de se apresentar). Seu cotidiano. Até mesmo as inúmeras receitas de seu imenso livro de receitas. Tudo seria sempre atribuição e responsabilidade dos escribas do Clube Canibal.

Então você adivinhou ou eu preciso ser mais explícito?

Eu sou um dos escribas e as histórias que lerão, saíram do epistolário multissecular a mim confiado por todos os que vieram antes de mim.

Por que estou me dispondo a lhes contar nossas histórias?

Não sei bem. Considero todas muito interessantes e um verdadeiro pecado não contá-las para o mundo.

Não temo o risco?

De maneira alguma. Aliás, conto com as consequências de meu gesto. Quero vir a fazer parte do cardápio do Clube Canibal.

Imaginam morte mais gloriosa?

Pensem bem: um prato com o meu nome e concebido a partir de mim.

**Comedamus et bibamus, cras enim moriemur*

Estou errado?

Existir não é isso?

O tempo que passamos pelo mundo?

*Comamos e bebamos, pois amanhã estaremos mortos.

Não depende apenas de nós como vivemos e igualmente, o tipo de relevância que podemos tanto a nossa vida quanto ao nosso fim?

Essa foi a minha escolha.

Far-me-ei eterno na lembrança dos que me saborearão bem como daqueles que tiverem a oportunidade de ler tais narrativas. Outras tantas existem e espero ter tempo de, se não lhes apresentar todas, pelo menos uma boa parte delas.

Fiat lux ignorabilis!

Todas as histórias aqui reunidas são a mais absoluta expressão da verdade. Infelizmente, tanto seus autores quanto os principais protagonistas não estão mais entre nós para confirmar a sua veracidade.

(Assinatura ilegível)
P/Conselho Administrativo
Clube de Arte e Educação Culinária

Mulher Traída

Somente um idiota finge que tudo está bem, quando não está. Portanto, me poupe e não me decepcione com uma última mentira. Eu poderia até admitir e dizer que ninguém vai me amar como você me amou, mas seria mentira e nós dois sabemos disso. Aliás, você sabe bem melhor do que eu, pois é o que faz mais frequentemente comigo nos últimos anos.

Seriam realmente anos?

Eu bem que gostaria que fossem meses, mas sei bem que é muito mais do que isso.

Já irritou mais, sabia?

O papel de mulher traída não me cai bem e eu lhe disse isso logo depois de nosso casamento, lembra?

Duvido muito. Você nunca teve boa memória. Talvez vaga lembrança, mas nunca boa memória. Melhor ainda, como a maioria das pessoas, você tem memória seletiva. Isso fica, isso se perde, melhor esquecer...

Seria sempre assim? eu me perguntava.

Como poderia ser se o futuro ainda não chegou para nós dois?

Resposta boba. O futuro, quando chega, já é presente, e a expectativa que cerca a espera não vale a decepção que estou sentindo agora. Você ainda não chegou, mas a mesa já está lá e eu mandei enfeitá-la. Está linda. Claro que usei o nome dela.

Como eu soube que o encontro seria aqui?

É sempre aqui, querido.

Falta de imaginação ou é porque é bem próximo do trabalho?

Vocês nem se preocuparam com a possibilidade de eu um dia aparecer para fazer uma surpresa e almoçar com meu marido, não é mesmo?

Ah, já sei: você sabe que detesto surpresas. De qualquer tipo. Festas surpresas então são as piores e que mais me irritam. Inevitavelmente aparecem aqueles que com certeza você não convidaria nem para o seu enterro (até porque eles iriam sem convite mesmo e em alguns casos, com imensa satisfação).

Um saco!

No nosso caso específico, seria uma surpresa das mais desagradáveis.

Você não para de olhar o relógio.

Impaciente?

Ela está atrasada.

É o que pensa?

Mulheres são assim mesmo. É, você gosta desta frase, principalmente quando pode impingi-la a mim.

Nosso atraso tem um tanto de genética, outro tanto de pura e simples estratégia de dominação.

É divertido. Tudo isso é divertido.

Sua impaciência. O repetido olhar para o relógio. A busca por ela e a expectativa frustrada e frustrante depois de cada porta aberta para que outros entrem no restaurante.

Será que dirá um de seus tão apreciados palavrões quando ela finalmente aparecer?

Acredito que dirá bem mais do que um. Ele detesta atrasos tanto quanto eu abomino festas-surpresa. O transtorno é imediato. Ele perde a cabeça e sua mão pesa sobre aquele que o fizer esperar.

Pesará sobre ela?

Ah, duvido muito.

Ela é carne nova, romance recente, paixão de no máximo um ano. Ele ainda a leva para os melhores restaurantes, a passeios interessantes e viagens até mesmo para a Europa. Depois que soube da existência dela e consequentemente que meu marido me traía com alguém que tinha idade para ser nossa filha, o que mais me deixou embasbacada foi o fato de que aqueles encontros fortuitos na hora do almoço e naquele restaurante próximo ao escritório dele, ocorressem sem maiores preocupações por parte de ambos. Era como se eu simplesmente não existisse...

Que raiva!

"Sortilégio"

Acreditam?

Era o nome do restaurante.

Até o nome era feio, antiquado, e o ambiente, na falta de melhor definição, podia se dizer que era despojado.

Minha nossa!

Até para meus padrões ultimamente mais despojados, feito das sobras de nossa relação, era ruim. Ele tem carro e um bom carro, moderno e de linhas arrojadas, em tudo combinando com a jovialidade que acreditava ter readquirido (perdoem, mas até agora eu não disse que ele era um homem inteligente, disse? Pois bem, ele não é). Podia levá-la a um lugar melhor.

Comodismo ou pão-durismo?

Ah, não faço ideia...

Aliás, o carro novo e o exagerado e repentino cuidado com a própria aparência. As roupas mais elegantes e em nada combinando com seus cinquenta e tantos, a barriguinha saliente e a calvície incipiente, porém inevitável. As idas mais frequentes, porém igualmente inúteis, à academia. Sinais mais do que eloquentes de que havia algo acontecendo muito além da preocupação com a simples e inescapável passagem do tempo por trás de tal transformação. Eu teria que ser cega para não perceber e eu percebi, razão pela qual inclusive estou aqui, tão perto dele que poderia arremessar qualquer coisa bem pesada em sua direção – e tem muitas por aqui, facilmente alcançáveis por minhas mãos – com a certeza de o derrubar.

Não, não era pão-durismo.

Era um pouquinho pior, cruel realmente. Minha raiva só aumentou quando eu soube que ele trazia aquela coisinha tão jovem e bem meiga ao mesmo restaurante onde me conheceu e me pediu em casamento.

Era o nosso restaurante. Outro nome, mais velho e abandonado, mas de qualquer forma, o mesmo restaurante. Mais um prego no cada vez mais estreito caixão de indignação em que eu confinava os poucos bons sentimentos que guardava de nosso relacionamento...

Cachorro!

Foi numa de suas mesas que nós nos conhecemos quando eu era uma simples caixa de banco onde ele acabara de ser promovido a gerente. Foi lá também que ele a conheceu, eu soube ontem, quando nós finalmente nos conhecemos. Ela me contou tudo com detalhes. A propósito, o apartamento que ele acabara de comprar para ela é realmente deslumbrante, bem diferente da pequena casa que ele herdou dos pais em Tristeza, assim que nos casamos.

Vocês acreditam que eu acho que ela estava verdadeiramente apaixonada por ele?

Uma criaturinha ingênua e de um sorriso fácil que abria encantadoras covinhas no rosto avermelhado e redondo. As mãos de dedos finos e delicados esfregavam-se com alguma ansiedade uma na outra enquanto falava dele. Não, claro que eu não disse que era esposa dele.

Por que tipo de idiota vocês me tomam?

Quer dizer, não no início. Na verdade, de início, eu não soube bem o que pretendia quando encontrei o endereço dela. Hesitei e até pensei em desistir, ir embora antes de bater com força na porta.

Menti. Fácil, surpreendentemente fácil, quando ela abriu a porta. Apresentei-me como uma vizinha. Inventei um número qualquer de apartamento. Era candidata a síndica e estava visitando todos os moradores do prédio. Nenhum risco. Sabia que ela era nova no prédio. Não conhecia ninguém. Nem o porteiro sabia o seu nome. Bem fácil realmente.

A exuberante autoconfiança de seus vinte e dois anos fez o resto. Ela se abriu com desconcertante facilidade. Falou, falou e falou, mas de tudo o que disse, o que verdadeiramente me interessou foram os seus planos para o futuro. Dela e dele. Dela com ele.

Permiti-me um risinho encorajador. Como se houvesse algum futuro para os dois, pensei...

Ele bufa como uma fera enjaulada. Olhou novamente para o relógio. Um palavrão desenhou-se à distância, no silêncio de seus lábios. Engraçado.

Será que ele acreditou sinceramente que eu não suspeitei de nada?

Não, não. Foi a nossa vida sexual.

Ela inexistia há muito tempo ou se constituía de momentos cada vez mais fugazes, sem prazer algum, quase obrigação e com isso, insatisfação de parte a parte. Em tais horas, lamentava a inexistência de filhos, pois eles muitas vezes nos fornecem o pretexto ideal para afastamentos menos traumáticos e rancorosos. A preocupação é boa desculpa, porto seguro para a duração de certos casamentos ou para a conveniente cegueira que nos impede de ver os sinais mais grosseiros de que ele tem outras mulheres para lhe dar o que você não quer dar ou pior, que ele se cansou de receber.

Nojento isso, não?

Nojento, mas por demais real.

Não havia crianças. Não por falta de tentativas. Contamos várias, todas sem sucesso. Problema dele, problema meu, não nos interessamos em saber. Dissemos que nos bastávamos e se de todo modo sentíssemos falta de uma criança em nossas vidas, sempre estaríamos em condição de adotar uma.

"Pai é quem cria, não é mesmo?"

Não adotamos.

Havia amor, muito amor para nos afastar de tais preocupações.

Foram bons anos aqueles...

Dez, doze anos?

Não sei bem. Não contei. Aproveitei cada um deles.

Nem sempre foi como passou a ser nos últimos dois anos.

O silêncio. O arrependimento por ter abandonado o emprego no banco logo depois do casamento. Por ter me resignado a cuidar dele e da casa enquanto ele crescia na profissão. As noites solitárias enquanto ele viajava para cada vez mais distante, senhor de imensas responsabilidades, um dos mais importantes diretores do banco. A busca meio tola para ocupar uma existência cada vez mais insípida.

Pois bem, a suspeita veio quando ela, a nossa vida sexual, também reapareceu. Voltou repentinamente, espasmos de ardor sexual saídos não se sabe de onde e sem qualquer motivo ou razão aparente, pelo menos que eu pudesse ou conseguisse ver, que passaram a me procurar com uma promessa descabida de paixão.

Aquilo encantou. No começo, criatura tola, vitimada por sonhos tolos e sem sentido, fiquei feliz. Mas a felicidade desfez-se bem depressa, envenenando minhas esperanças, tirando-me o sono e por fim, me lançando de encontro a toda sorte de tristeza e desconfiança.

Algo errado. Havia algo errado. Errado. Fora do lugar. Errado...

Quando conheci a moça (Letícia era o seu nome) não consegui evitar a comparação e a lembrança. Já havia sido como ela. Não a beleza nem a idade. O viço da confiança e da determinação perdera-se em algum lugar ao longo daqueles anos de um casamento relegado à escuridão de uma espera inútil ou por leituras intermináveis na cama onde ele se deitava quando eu já dormia.

Provavelmente o que mais me magoou e me levou a sentir raiva de Letícia, não foi o que ela era, mas com certeza a lembrança de que eu fora como ela algum dia. Essa constatação ou melhor, essa realidade irrefutável, me irritou demais. A sensação de tempo perdido, a certeza do abandono próximo e inevitável, me feriu de morte e me cegou a qualquer compaixão.

Raiva, raiva insana, sem explicação.

Minha transformação era imperdoável e dela ele pretendia se livrar sem maiores escrúpulos ou dramas de consciência. Não existia nada que eu pudesse fazer. Talvez contasse com isso, com minha resignação, um divórcio mais ou menos vantajoso, o apartamento, um dos carros e a cordialidade fria em tudo semelhante àquela que dedicamos a antigos funcionários em uma empresa qualquer depois de exaurirmos toda a sua dedicação, força e vontade própria.

Abandono. A sensação de abandono. Aquilo foi crescendo dentro de mim de tal maneira que nem sei bem o que disse, as respostas que dei ou ainda, ignoro o que Letícia falava. Seus sorrisos. As covinhas. As mãos torcidas e retorcidas uma na outra, serpentes perigosas em um antro fervilhante, prestes a me morder. Nem depois que lia cada um dos muitos relatórios semanais do detetive que contratei para segui-los. Nem depois de rasgar cada uma das fotografias, principalmente aquelas tiradas no hotel em Torres (não faço ideia de como ele conseguiu tirá-las e mesmo cheia de curiosidade, nunca perguntei). Não, nem naqueles momentos eu me senti tão vazia. Tão despojada. Tão fora de mim mesma.

Ele olhou mais uma vez para o relógio. Está a ponto de explodir. Depois de ligar várias vezes para ela, deixou o celular sobre a mesa, os dedos tamborilando com impaciência. Crescente irritação. Quando se irrita, a fome o alcança. Um apetite praticamente inconsciente o vitima e ele se surpreende comendo, comendo muito, comendo qualquer coisa, por vezes, até o que, em outras circunstâncias, sequer tocaria. Logo, logo estará pedindo o cardápio. O restaurante ainda vazio só agrava a sensação de abandono que o enerva. Vindo da cozinha, o velho Collucci, proprietário do "Sortilégio", sorri para mim e pergunta:

- Não vai entrar?

Olhamos ambos na direção da mesa solitariamente ocupada por meu marido, e enquanto devolvo o sorriso, respondo:

- Não, ainda não.

Ele se desmancha em outras tantas gentilezas e volta para a cozinha. Meus olhos o acompanham pelo corredor escuro. Acho graça. Como um homem tão rico, dono de tantos restaurantes espalhados pela cidade e de pelo menos um grande hotel na serra, ainda passa pelo menos dois dias na cozinha de seu primeiro restaurante?

Paixão?

Algo com que se ocupar já que os filhos cuidam de todo o resto?

Vai se saber. Certamente ele aprecia aquele ambiente. Collucci, bem menos velho e com bem mais cabelos, estava lá, nos servindo pessoalmente, quando frequentávamos o "Sortilégio" quase todo dia.

Collucci gosta da cozinha. Eu também. Foi nela que me refugiei quando a solidão se tornou mais frequente. Entrava e saía de escolas e cursos de todo tipo de culinária. Viajava para festivais gastronômicos (dois deles, no hotel de Collucci, me levou a acompanhá-lo e a dois de seus filhos). Algo fútil, admito. Inútil.

Cozinhava para mim mesma, principalmente depois dos dois belos banquetes que preparei para um marido que nunca chegou para apreciá-los. Acredito que tal interesse é em parte responsável pelas formas opulentas que fui adquirindo com o tempo. Aos poucos parei de comer para simplesmente me empanturrar, mais um ingrediente no distanciamento já bem grande entre nós.

No entanto, não são as minhas formas que mais crescem em meu casamento. É o apartamento em que me vejo cada vez mais confinada. É a solidão cada vez mais corriqueira depois que passaram a rarear e por fim inexistir os jantares promovidos por meu marido para agradar, inicialmente seus patrões e nos últimos tempos, aos acionistas e investidores do banco. Mesmo os convites para as muitas festas não me incluem mais, apesar de, como vim a descobrir, ele não comparecer a elas sozinho, mas quase sempre na companhia de sua secretária, uma mocinha muito simpática e há não mais de um ano na cidade, vinda de uma agência do banco em Frederico Westphalen. Seu nome é Letícia.

Eu a conheci ontem. Um encanto. Muito solícita. Collucci me disse que frequentemente ela faz companhia ao meu marido na hora do almoço. Ele estranhou, pois fazia anos que meu marido não vinha almoçar e nos últimos meses, pelo contrário aparecia quase todos os dias com Letícia. Eu não falei nada, mas foi uma surpresa para mim também. Sempre que eu telefonava e insistia para que almoçasse, meu marido dizia que não tinha tempo.

Quando Collucci comentou que meu marido estava com um aspecto mais jovial e feliz, cheguei até a brincar:

- A convivência com gente mais jovem produz estes efeitos em certas pessoas...

Realmente.

Um corte de cabelo mais moderno complementando a pintura que escamoteia aqueles primeiros fios brancos bem como a incipiente calvície no alto da cabeça. O carro esportivo. Os ternos de corte mais elegante. As gravatas coloridas. A academia.

A juventude pode se converter num bálsamo para homens cansados ou meramente inconformados com a passagem do tempo.

Sorri. Brinquei. Fingi muito bem. Em seguida, contratei o detetive particular que uma amiga do curso de culinária tailandesa me indicou, assegurando se tratar de um especialista em certos assuntos e de confidencialidade comprovada.

Concordo. Ele valeu cada cheque que lhe dei, particularmente o último, com seis dígitos, quando dispensei os seus serviços. Seu sorriso de despedida foi revelador. Ele voltaria a me procurar mais cedo ou mais tarde. Bom, eu estaria preparada.

Não posso me queixar. O serviço foi bem feito. Rápido. Em pouco mais de seis meses, eu sabia tudo sobre o envolvimento de meu marido com Letícia.

Os dois se conheceram em uma festa de final de ano do banco em Porto Alegre. Voltaram a se encontrar dois meses depois durante uma auditoria na agência de Frederico Westphalen e um mês depois ela já estava trabalhando como sua secretária.

Sorriso angelical. Voz meiga. Modos educados. Um charmoso acento interiorano na maneira de pronunciar certas palavras. Um doce de pessoa, realmente. Natural que meu marido tenha se apaixonado por ela e diante de tal fato, mais natural ainda que ela tenha se aproveitado para usufruir de sua paixão.

Ela o estava fazendo de modo muito metódico e eficiente. O apartamento já fora passado para o seu nome mal meu marido o adquiriu. Não sei bem que carro era aquele que ele pôs na garagem do prédio dela, mas me asseguraram que custava caro, principalmente se fosse parar nas mãos de alguém que mal saíra da autoescola. O pai e os irmãos de Letícia finalmente se tornaram proprietários das terras onde moravam. Até o namorado dela, um jovem vistoso que dirigia um táxi em Caxias do Sul e vinha quase todo fim de semana para o apartamento dela (principalmente quando meu marido se resignava a passar pelo menos um deles em minha companhia), só tinha a agradecer a ela, a começar pelo táxi, é claro.

Ah, aquele sorrisinho angelical que me recebeu quando toquei a campainha de seu apartamento...

Verdadeiramente irresistível.

Meu marido balbuciou outro palavrão. Olhou para o celular em cima da mesa. Em seguida, suarento e contrariado, afrouxou o nó da gravata. Pediu o cardápio. Uma bandeja foi trazida e dela ele tirou uma cesta com vários tipos de pães e um vasilhame de cerâmica dividido em pequenos retângulos de onde, com a faca, pôs-se a tirar azeitonas, manteiga, patês e outros tantos bolinhos que comia e passava em rodelas de pão.

Raiva. Impaciência. Contrariedade.

Meu marido.

Ele mesmo dizia que uma das melhores coisas com que se podia contar sempre no "Sortilégio" era com a fartura do *couvert* que Collucci oferecia em quantidades por vezes pantagruélicas a seus frequentadores.

Letícia não aparecia. Também não apreciava. Nem o *couvert*. Nem o "Sortilégio". Menos ainda a voracidade que meu marido procurava disfarçar, mas que ela sabia, retornava mais cedo ou mais tarde a seu cotidiano, já a tendo a seu lado.

Cheguei a desejar que ele entrasse naquele momento no apartamento e visse com os próprios olhos os esgares e caretas que ela fazia ao pensar em tão desagradável perspectiva. Pensei em defender mais enfaticamente o meu marido.

Ele realmente gostava de uma mesa farta e por vezes exagerava. No entanto, não se podia dizer que tivesse maus modos ou fosse um glutão.

Desisti. Não valia a pena. Não acrescentaria nada. Não mesmo. Na verdade, eu já estava me preparando para ir embora, constatando que a melhor coisa que eu poderia fazer por ele era deixá-lo a mercê daquela criaturinha tão adorável, quando mudei de ideia. Não, não foi por ele. Caso fosse, eu me despediria e voltaria para casa até em paz com a minha autoestima mais ou menos intacta. Que se danasse.

Vingança não estava no meu cardápio. Nem vingança nem escândalo. Nada disso. Como já disse, eu não sabia muito bem o que fora fazer no apartamento daquela *zinha*... ou estou mentindo para vocês, mas principalmente para mim?

Bom, não sei bem. O que sei é que estava me despedindo e Letícia não parava de falar. Nem sei bem o que deu nela, talvez tenha sido o meu aspecto solícito e interessado, a necessidade dela de extravasar tudo aquilo que a muito custo reprimia diante de meu marido, honestamente não sei.

- Também, casado com uma porca, o que eu poderia esperar dele?

Acredito que comecei a matá-la com o olhar.

- Como é que é? – perguntei.

- Ele diz que a balofa da esposa come como uma porca e se não se cuidasse, estaria tão gordo quanto ela.

- Ele disse, é?

- Disse. Mas por que a senhora...?

Minhas mãos se fecharam em torno do pescocinho fino e delicado dela tão rapidamente que meus dedos se encontraram no instante seguinte. Doeu. Aliás, eu acredito que foi uma dor maior do que a Letícia sentiu, até mesmo por que o seu espanto, este sim, foi tão grande e a pressão tão intensa que ela nem sentiu qualquer coisa. Seu pescoço quebrou-se antes que pudesse sequer soltar um gemido. A minha dor seria sempre maior do que a dela, pode acreditar.

Sabe que eu fiquei ainda por um certo tempo com o corpo dela suspenso. Minhas mãos tremiam, os dedos cravando-se na carne flácida e ainda quente. Estava tão surpresa quanto ela, apesar de, obviamente, eu continuar viva. Quando finalmente a soltei, estatelei-me no chão ao lado dela e ficamos ali, nós duas, lado a lado, pensando no que viria a seguir. Exagero, claro. Só eu pensava ou pelo menos, tentava.

Aquilo não estava nos meus planos. Na verdade, não havia plano algum. Tudo o que eu tinha na cabeça era um cadáver que estava se transformando bem depressa em um problema que, por sinal, eu não sabia como resolver.

Meu marido simplesmente devorou o *couvert*. A fome persiste com a raiva e a impaciência. Ele pediu o cardápio, mas antes que o garçom vá atendê-lo, aceno para Collucci que está na cozinha, olhando para mim feito um cachorro obediente a espera de um comando de seu dono. Por sua vez ele gesticula para que o garçom se afaste.

"Quer dizer que eu sou uma balofa, né?"

Penso que passei o final da manhã, a tarde inteira e o início da noite na companhia de Letícia. As duas estiradas no chão, olhos para o teto, esbugalhados, apenas os meus buscando contemplar alguma saída de toda aquela confusão homicida. Não levantei. Não andei. Não fiz nada a não ser continuar deitada e inteiramente absorvida por meus pensamentos. Nem sei de onde saiu aquela ideia...

"Balofa!"

Na verdade, sei sim mas devo confessar que deu muito trabalho.

Vocês já esquartejaram alguém?

Tudo bem.

Já desmembraram uma galinha?

Pois é, foi um trabalho danado de difícil, ainda mais com os instrumentos que tinha à minha disposição. Precisei de uma noite inteira e muita vontade. Estou com cada centímetro do meu corpo doendo. Mas valeu a pena ou vai valer.

Um dos cursos de gastronomia que fiz recentemente se mostrou extremamente útil. Saber a maneira mais correta de escolher as melhores partes para um suculento churrasco, bem como a maneira de cortá-las, é uma arte. Acredito que me saí bem. Havia muitos sacos de lixo na despensa e me vali deles para me livrar das partes que não me interessavam – cabeça, braços, pernas, essas coisas -, e igualmente usei outros para transportar as partes mais interessantes até o "Sortilégio".

Pobre Collucci, levou um susto quando me encontrou dormindo dentro do carro, os sacos pretos empilhados ao meu lado. Não foi difícil convencê-lo que era o meu aniversário de casamento e eu queria fazer uma surpresa para o meu marido, até porque era verdade. Hoje nós fazemos exatos quatorze anos de casados.

- É um prato que ele gosta muito e eu aprendi num curso em seu hotel lá em Caxias – eu menti.

Creio que menti muito bem, pois ele não só acreditou como me permitiu usar a cozinha do restaurante antes da chegada de seus funcionários.

O aspecto da carne não poderia ter ficado melhor e eu combinei com Collucci que assim que meu marido pedisse o cardápio – depois de muito esperar por uma amante que como eu bem sei – nunca apareceria -, ele entraria e ofereceria o prato especial que eu cozinhara para ele.

- Quando ele estiver quase acabando, eu entro e falo da surpresa e ainda digo que você me ajudou a fazer – prometi.

Doce Collucci, mais uma vez acreditou e foi extremamente solícito e atento ao que lhe pedi. O prato ficou realmente vistoso. A carne era de boa qualidade e a guarnição, feita com os mais belos tomates e cebolas que encontrei. Collucci realmente me ajudou com a salada e outros pratos. Quando empurrou o carrinho na direção da mesa de meu marido, era a própria imagem da satisfação.

Estou esperando. Nem irei esperar muito. Meu marido está voraz. A raiva produz esse comportamento. Ele já comeu mais do que deveria. Acredito que já posso sair do meu esconderijo e ir ao encontro dele.

Não imagino ninguém melhor do que eu para lhe contar que de hoje em diante nada o separará da amante. Pelo menos, por algum tempo.

Será que ele gostou?

Defunto Fresco

"E você, o que faria?"

A pergunta veio de modo casual, desimportante até a mais completa irrelevância.

Bem, na verdade era meio-dia e ele arranjou muita companhia para a longa viagem que faria até o inferno que vinha querendo empreender há bastante tempo, mesmo que inconscientemente, creio que desde que nascera.

Dezessete. Não eram muitos anos. Não havia grandes histórias a serem contadas. Quase ninguém o conhecia e a maioria, gostaria de vê-lo como estava naquele instante.

Aquele era Paulo Augusto Siqueira e apesar de tudo, inclusive dos muitos corpos à sua volta, ele morreu sozinho. Encurralado em um beco fedorento numa insuportavelmente quente manhã de janeiro. Aliás, vale a pena informar que eu o matei.

Por quê?

Sucessivamente, porque eu queria, porque eu podia, porque eu teria que fazê-lo e antes de mais nada, era o meu ganha-pão. Nada pessoal e por sinal, bem vantajoso. Os outros mortos foram um bônus inesperado, mas dos mais interessantes. Ia dar um bocado de trabalho transportar e ainda mais, armazenar, mas dá-se um jeito. A expectativa pelo lucro que adviria daquela rápida confrontação seria fantástica. Eu só teria que andar depressa, pois logo, logo a polícia apareceria e naquele mês eu já estourara a minha verba para propina.

A voracidade dessa gente quando se trata de negociar esses imprestáveis, é decididamente assombrosa. A goela da corrupção é mais elástica do que a de uma cobra.

Tenho que lavar esse furgão. O fedor de sangue seco anda insuportável e qualquer um pode senti-lo mal as portas se abrem. Fica ainda pior quando se mistura ao do desinfetante.

Trabalhar sozinho é cansativo, porém bem mais seguro. Auxiliares não são confiáveis. Quando são medrosos (e todos se tornam medrosos mais cedo ou mais tarde nesse meu ofício), acabam fraquejando e dando com a língua nos dentes. Por outro lado, quando se tornam ambiciosos, começam a conspirar, prolongados silêncios, intermináveis olhares de cobiça, e a imaginar múltiplas maneiras de te passar para trás. O último que tive era um língua-solta e beberrão, uma combinação verdadeiramente explosiva. Tive que vendê-lo no mês passado. Fico melhor sozinho. Anos de prática. Experiência. Depois de certo tempo, até os corpos mais pesados são fáceis de se ensacar e jogar no fundo do furgão. Nem a hérnia incomoda.

O tal do Guto não pesa muito. Era um magricela. Carne magra que não me renderia muito. Os outros, sim, valiam a pena. Só o balofo do 38 cobrirá todos os custos e ainda sobrará algum. Finalmente um mês legal. Já não era sem tempo. De quebra ainda manterei meus clientes bem, bem felizes. Dos dois lados da moeda. Pedir mais seria pecado, enorme cobiça.

Defunto fresco, coisa boa para clientela exigente, mas, sempre, se bem atendida, das mais generosas. De quebra, uma nova fonte de rendimentos.

Ainda pensava nisso quando fiz correr a porta do furgão e o conduzi bem calmamente para fora do beco. Inesperado. Podia dizer que sim e aliás, como foi aquele feliz encontro que possibilitou a minha súbita mudança de ofício. Impossível não sorrir ao pensar em tudo isso.

Tudo o quê?

Isso tudo, gente.

Os corpos ensanguentados e amontoados na parte de trás do furgão, os cálculos mentais que começara a fazer assim que arrastei o primeiro deles pelo beco ensolarado – e que lucro, meu amigo, que lucro!... -, até o olhar bovino de um ou outro que aparecia nas janelas dos prédios que espremiam o beco ainda bem iluminado onde Paulo Augusto Siqueira encontrara o seu fim. Bendita a covardia que mantém criaturas bem medíocres fazendo número e apenas isso, neste lado da vida.

Ninguém se mete, ninguém quer saber e, se perguntado, certamente dirão que não viram nem ouviram nada, os mais covardes, pressionados, acabarão por me descrever como "um negro alto e bem forte, com um trabuco enorme nas mãos". Bichinho medíocre esse tal de ser humano...

Não se incomodaram e a bem da verdade, devo até ter resolvido ou removido um belo probleminha de seu cotidiano, pois aquele moleque era uma verdadeira bisca. Não vai fazer falta, podem acreditar.

Eu mesmo não sou grande coisa, de vez em quando me pergunto o que aquela gente viu em mim para me tornar o que sou e me tirar do prato, me devolvendo às ruas. Acredito que parte da resposta está no que o Velho disse e até hoje repete, "nós não comemos mortos e você está morto, guri!".

Não sei bem o que ele quis dizer com aquele papo, mas se eu estava morto quando apareci na frente deles, depois daquele dia, quando fui tirado da panela e até os ajudei a colocar outro em meu lugar – não foi difícil cortar o pescoço do cara e fazê-lo em pedaços bem pequenos com a faca e o cutelo que me deram -, eu ressuscitei. Na verdade, a cada dia que passa e eu passo em sua companhia, sinto-me cada vez mais forte e vivo. Passei a dar um valor danado à vida depois daquele dia...

O pedaço de papel era pequeno, estava sujo e aparentava estar pregado na parede daquele boteco há bastante tempo:

"Procuram-se homens fortes e sadios. Tratar no Clube..."

O número do celular aparecia logo abaixo do nome do clube e dei uma boa olhada em mim mesmo no espelho do banheiro, antes de me decidir a ligar para eles.

Quer saber?

Eu era tudo naquele momento, menos forte e saudável. Quer dizer, eu era o que nunca deixara de ser, um nada faminto e sem emprego, alguém que passou da infância para a adolescência abandonado pela mãe aos três e espancado com frequente pontualidade por um pai bêbado e frouxo que um dia jogou-se e à sua vidinha miserável na frente de um ônibus, o único gesto de presumida coragem que fizera com algum talento e rara eficiência em sua vida. Nem chorei. Sequer olhei para o corpo esmigalhado contra o asfalto. Sabe que eu senti um enorme alívio depois que percebi que ele não se mexia e que estava realmente morto?

Acredito mesmo que cheguei a sorrir.

Lia alguma coisa. Detesto escrever – pra que se posso e sei falar? Os postulados de sobrevivência que sigo religiosamente não estão escritos e sim gravados a ponta de ferro em brasa na minha memória. Franzino, miúdo e fraco, apanhei de muitos, mas pode crer, me vinguei de todos. Matar é fácil se você não se preocupa muito com isso, pouco importa o método que use, ainda mais quando tudo o que se quer é continuar vivo. Pra quê, não sei bem, e como disse, não sou de pensar muito sobre nada.

O clube era velho e estranho, mas fui muito bem-recebido apesar do meu aspecto – sujo e mal vestido, tenho certeza de que fedia também -, o que me levou a ficar bem atento e esperar pelo pior mesmo em meio a tanto luxo e gente cheirosa, ou exatamente por causa de ambos, o luxo e a gente cheirosa. Tinha algo fora do lugar e não eram os muitos quadros de homens elegantes e presumo, ilustres, pendurados pelas paredes dos corredores e salões muito mal iluminados. Pensei que fosse algum lance qualquer tipo Maçonaria, algo assim, mas mudei logo de ideia quando um círculo de cadeiras pesadas e rangentes se formou em torno de nós – éramos uns três, eu, claro, o pior deles – e pelo menos nove homens sentaram-se. Sentaram e ficaram nos observando.

Não gostei daqueles olhos. Vi algo estranho e perturbador dentro deles. O que me inquietou na verdade foi ter identificado neles o que via volta e meia nos meus próprios quando me arriscava a dar uma boa encarada na porcaria que eu era através do espelho de todos os piores e mais fedorentos banheiros do mundo. Fome. Uma fome peculiar. Um desejo até desesperado por sobreviver, por dar sentido e relevância à existência, de acreditar que sua vida era mais importante ou mais significativa do que a dos homens que observavam. Não imagino como, mas mesmo na semiescuridão, vi que o Velho tinha os dentes branquíssimos e salientes, pontiagudos. Nem a barba longa e cinzenta, os bigodes que despencavam sobre a boca larga e ligeiramente torta para a esquerda – defeito ou cacoete, não sei, nunca soube – eram capazes de escondê-los.

"Olha, isso aqui está me parecendo muito estranho. Essa porcaria é um clube gay, é? " resmungou um dos sujeitos que, como eu, encontrara igual anúncio noutro bar, empurrando dois dos observadores que haviam se levantado e o apalpavam.

Nem sei por quê e muito menos em que pensei, mas ao ver os outros se levantarem e virem na nossa direção, peguei um pesado Hereford de bronze que repousava placidamente numa mesinha redonda atrás de mim e golpeei a cabeça do grandalhão que os empurrava e ameaçava sair. Ele caiu e rolou entre os pés dos observadores que naquele instante, dois deles com enormes facas nas mãos, se atiravam sobre o terceiro homem que atendera ao anúncio do clube.

Ele guinchou horrivelmente enquanto era esfaqueado rápida e silenciosamente por aqueles homens. Inclinei-me sobre o homem que eu golpeara e continuei batendo nele com a estatueta até que o Velho agarrou meu braço e me impediu de continuar, dizendo:

- Para, homem. Assim você estraga a carne!

Olhei em volta e dois homens estavam esparramados em enormes poças de sangue no chão acarpetado, e os outros fechavam um círculo de facas e cutelos em torno de mim.

Parem! Parem! - o Velho desfez o círculo com autoridade, - Ele não serve para ser comido!...

Pensei que tivesse ouvido errado...

"Comido?"

Então aquelas apalpadelas no coitado que eu matei, era...

Minha nossa!...

Senti vontade de vomitar!

Felizmente a minha vontade de continuar vivo era bem maior do que qualquer temor e eu só sabia que devia ficar encarando o Velho, esperando que dissesse algo, definisse o meu destino.

Um dos outros observadores quis saber o que iriam fazer comigo, enquanto seus companheiros arrastavam os corpos dos mortos para dentro da escuridão. O Velho simplesmente sorriu e o puxou pelo braço para um dos corredores.

Fiquei só e, vencido o medo de que tudo não passasse de uma brincadeira perversa e que os dois voltassem para me incluir naquele banquete horripilante, corri, busquei uma maneira de sair daquele lugar.

Tudo estava trancado. Portas. Janelas. Não havia como escapar. Continuei indo de um lado para outro. Subi e desci algumas escadas. A madeira rangia. A construção era velha. A infinidade de portas e janelas, de enlouquecer. Fiquei indo e voltando a noite inteira. Quando a luz fraca de uma manhã chuvosa despejou-se sobre mim de uma claraboia no fim de um dos corredores no segundo andar, vi que amanhecera e notei pela primeira vez que estava só.

Desci novamente, atraído pela luminosidade que avançava na direção dos degraus da escada, vinda da rua entrevista por uma porta escancarada. Corri ao seu encontro e saí. Corri mais ainda e em momento algum olhei para trás. Corri tanto que nem sei para onde. Quando finalmente parei, nem sabia onde estava.

Pouco importava. Eu estava salvo. Bastava para mim. Seria esquecido. Ia me fazer esquecido por aquela gente. Iria para bem longe e duvidava que perdessem tempo tentando me encontrar.

A troco de quê?

Eu contaria alguma coisa sobre aquele grupo de estranhos com seu clube ainda mais estranho?

Canibais?

Quem acreditaria em mim?

Gente daquele tipo não era zé-ninguém. Deviam ter lá as suas boas relações, inclusive na polícia. Melhor deixar quieto e tocar a minha vidinha bem longe das deles.

Não foi possível. Na verdade, não se passaram nem dois dias antes de eu encontrar o Velho ou do Velho me encontrar, tanto faz. Nunca soube como ele me encontrou tão facilmente.

“Não se preocupe, não vamos comê-lo”, ele sorriu, aqueles dentes de aspecto horripilante, desagradavelmente tortos e afiados, a mostra, me inquietando, abrindo a porta do carro que estacionou em frente do ponto de ônibus em cujo banco eu dormia.

Olhei de um lado para o outro, com medo e ainda mais desconfiado, procurando pelos outros. Não havia mais ninguém além do negro imenso que guiava o carro e olhava para frente sem mover sequer um músculo.

“Entre. Vamos, homem, entre”, insistiu, abanando a mão de dedos longos e ossudos, “É melhor conversarmos aqui dentro. Vai chover! ”

É, choveu, mas muito antes disso, eu entrei e rumamos para dentro da chuva sem pressa alguma.

“Eu não vi nada!”, garanti, obviamente mentindo.

“Viu sim”, ele disse, o sorriso jovial e despreocupado deixando bastante claro que não dava a mínima se eu havia visto ou deixado de ver qualquer coisa, o que ficou claro quando concluiu: “Mas quer saber? Não me importo.”

“Não?”

“E quer saber por quê? Porque sei que você não vai contar nada para ninguém.”

“Como sabe?”

“Vi nos seus olhos”

“Viu?”

“Você é um sobrevivente, rapaz. Quer apenas continuar vivo... e faz qualquer coisa por isso, não é mesmo? Claro que sim. A sua falta de empatia quando se virou e matou aquele homem, foi, foi...”

Ele me chamou de psicopata.

Fiquei calado. Deixei o Velho falar. Afinal de contas, ele parecia ter mesmo todas as respostas. Pra que perder tempo com perguntas, estou errado?

“Tenho uma proposta para você.”

“Tem?”

“Ah, fique tranquilo. A sua magreza e feiura te salvaram. Você jamais vai estar à mesa conosco, a não ser, claro, como convidado... Gosta de carne?”

“Depois que conheci vocês, estou pensando seriamente em me tornar vegetariano”

O Velho piscou o olho direito, a boca se arreganhando numa gargalhada roufenha e prolongada que fez seu corpo agitar-se feito marionete em mãos desajeitadas. Ossos estalaram e por um momento pensei que fossem se desfazer na minha frente numa verdadeira cascata.

Quantos anos teria o Matusalém?

"Ah, bom humor. Gosto disso..."

"Que bom..."

Ele parou de rir e agarrou-se ao meu braço. Enquanto seus dedos cravavam-se forte e dolorosamente até alcançarem meus ossos – temi que fosse quebrá-los, pois o aperto foi forte e enfurecido, totalmente distinto do sorriso amistoso que persistia em seu rosto hirsuto e ainda mais engelhado -, ele disse:

"Tenho realmente uma proposta para lhe fazer"

"E eu tenho alguma alternativa além de ouvi-la?"

Gemi quando seus dedos estreitaram-se um pouco mais em torno de meu braço.

"Na verdade, não."

Ouvi... o que mais poderia fazer?

"Somos gente de certa importância, o senhor bem sabe..."

"Sei não..."

"Pois tente imaginar"

"Já estou fazendo isso."

"Isso é bom"

"Isso o quê?"

"Instinto de sobrevivência, meu amigo... isso é bom"

"Na verdade, é mais medo..."

"Também é bom, acredite..."

"E o que vocês querem?"

"Não queremos correr riscos."

"Não entendi"

"Ah, mas eu explico, pode deixar"

Bom, a coisa toda era realmente muito simples: como eu imaginei, o Velho e seus amiguinhos antropófagos eram gente bem importante e igualmente endinheirada. Não, não chegavam a ser entediados e daí a ideia gastronômica pra lá de estranha (para dizer o mínimo). Eles simplesmente apreciavam a *fina iguaria* (como se referiam à carne humana) e o clube apenas os reuniu. Aliás, pelo que o Velho contou, o clube já promovia aquele encontro pouco ortodoxo entre *gourmets* singularmente peculiares há mais de cem anos.

Nunca soube muito bem como eles se reuniam ou mesmo, como encontravam ou se encontravam no clube. Talvez um encontrasse o outro que encontravam outros tantos que mantinham o clube até os dias de hoje e acima de tudo, bem secreto.

"O grande problema de nossa instituição é o fornecimento de carne."

"Humana, quer dizer..."

"Naturalmente."

"Nós nos arriscamos muito para consegui-la. No início, não. A cidade era pequena, as ruas bem menos iluminadas e as pessoas desapareciam sem que as outras dessem pela falta ou se interessassem em saber o que havia acontecido com elas..."

"Hoje..."

"Ah, hoje é diferente. Apesar da cidade ter crescido, trazendo um anonimato dos mais desejáveis, e, em princípio, um maior e mais variado fornecimento de carne, também está saturada de luzes e câmeras, com todo mundo vigiando e bisbilhotando todo mundo. Essas tais redes sociais são um inferno, filmando, clicando e postando o tempo todo, e mesmo a polícia, por conta do aumento da criminalidade, está mais permanentemente pelas ruas. É um risco muito grande para nós..."

"E...?"

"E é aqui exatamente que o senhor entra"

"Entro onde?"

"Nós precisamos de alguém que corra os riscos por nós e seja o nosso fornecedor."

"Como é que é?"

Era isso mesmo que ouvi e compreendi. Eles queriam que eu garantisse o fornecimento periódico da tal *fina iguaria* para seus banquetes.

"Preferencialmente mortos", acrescentou.

Ah, mas nada de corpos adquiridos junto a qualquer um dos cemitérios da cidade.

"Tem que ser defunto fresco."

O que significava que eu deveria matá-los.

O Velho sorriu e dando um tapinha dos mais amistosos em meu ombro, garantiu:

"Nós dois sabemos que o senhor é capaz disso."

"Depende do estímulo"

"E continuar vivo já não é um dos maiores?"

Não sei se ele pretendia me amedrontar e menos ainda se percebeu que não foi difícil conseguir o que queria; apesar disso, lançou-me um sorriso extremamente tranquilizador, quase angelical, e acrescentou, "mas pode ter certeza de que saberemos ser bem generosos".

Em seguida, tocou o ombro do motorista que encostou o carro mais uma vez em frente ao banco de madeira do ponto de ônibus onde me apanhara um tempo antes. O estalo das portas sendo destrancadas fez com que eu me empertigasse, corpo espichado, um tanto apreensivo e outro tanto, francamente intimidado e, portanto, assustado de verdade. O Velho acenou para que eu saísse e eu desci num salto, como se ainda tivesse o próprio Diabo em meus calcanhares.

"E como faço para encontrar vocês? Quer dizer, quando tiver a mercadoria?"

O Velho fechou a porta e foi levantando o vidro sem pressa alguma, aquele sorriso desagradável e intimidador abrindo uma trilha avermelhada através da barba longa e grisalha.

"Ah, meu amigo, temos certeza de que você dará um jeito", disse, debochado.

Velho safado!

Claro que ele estava certo de que eu sabia onde ficava o clube ou pelo menos, que encontraria uma maneira de achá-lo.

Odores. A falta de reboco de um muro. A ausência de tijolos na parede de uma casa. As placas e tabuletas de sinalização que indicam caminhos na selva de concreto da grande cidade. Qualquer coisa entre as tantas que ficaram gravadas em minha mente quando fugi do clube e que certamente me levariam de volta. Ele estava apostando em meu instinto de sobrevivência e de qualquer modo, por mais paradoxal que possa parecer, eu ficara não apenas curioso, mas vivamente interessado.

A proposta soou estranha e francamente inusitada, porém não mais do que a existência do próprio clube e de seus insólitos membros. Como é fácil de se imaginar, de início eu pensei e muito em minha sobrevivência. Continuar vivo. O Velho tinha razão e fosse por que fosse, eu gostava da vida, mesmo que se tratasse da porcaria de vida que levava. Morrer era um fato da vida, mas não significa que eu estivesse com pressa. A bem da verdade, no momento eu estava dando meu lugar na fila... "pode passar, pode passar, pode passar..."

Queria, pretendia, desejava continuar vivendo.

Depois dessa primeira e evidente constatação, veio a outra, mais racional e prática, o que me levou a vencer todos os poucos escrúpulos que ainda resistiam (timidamente, é verdade) dentro de mim naquela noite mal dormida que passei sentado no banco do ponto de ônibus e no meio daquela chuva toda. Trabalhar para aquela gente poderia vir até a ser bem lucrativo, o que acrescentaria um prazer a mais em minha até então exagerada vontade de viver apesar da merda em que sobrevivia.

A cidade é grande. A multidão é seu resultado natural. Anônima, consequentemente bovina. Farto fornecimento de carne fresca para os endinheirados do clube.

Endinheirados, porém exigentes. Eles não aceitavam qualquer coisa, não, e em pelo menos uma ocasião, tive que me livrar de minha carga humana em alguma caçamba de lixo ou no rio mais próximo. Quanto mais jovem, melhor e mais caro pagavam, satisfeitos, o que me levou a passar a frequentar as imediações de praças e principalmente, escolas.

Crianças são presas fáceis, dóceis. Não davam trabalho nem mesmo para matá-las. O problema maior residiria sempre em passar desapercebido, o que me obrigava a incontáveis artifícios e papéis. Pipoqueiro, sorveteiro, vendedor de brinquedos e balões, entregador e até mesmo, funcionário apressado (com uniforme ou jaleco bem feitinhos) de um pai especialmente ocupado que ligara para a escola pedindo a liberação de seu filho mais cedo (orgulhava-me deste papel, de todos, sem dúvida alguma o mais trabalhoso). Crianças são generosas e obviamente, ingênuas. Também adoram animais, principalmente cachorros (li alguma coisa sobre isso numa dessas revistas que encontramos em consultórios de dentistas ou em bancas de jornais de rodoviárias e aeroportos, mas não sei onde nem quando). Estatística pura. Era assim que pegava alguma delas nas praças...

"Eu perdi meu cachorro... você poderia me ajudar a procurar?

Infalível.

A minha vida começou a se tornar excepcionalmente gostosa de ser vivida. Dinheiro. Um belo apartamento num subúrbio tranquilo. O prazer comprado a preço alto – belas mulheres, restaurantes caros, viagens dispendiosas, mas que eu finalmente estava em condições de pagar, e acima de tudo, a grande descoberta de mim mesmo. Meu ofício. Finalmente eu descobrira algo em que era inquestionavelmente bom. Meu talento peculiar. Meu prazer.

Minha vida tornara-se algo bom de ser vivido a partir do momento em que passei a tirar a vida dos outros. Sem remorsos. Sem qualquer dor de consciência, nem uma menorzinha que fosse. E quer saber? Paulo Augusto Siqueira abriu uma nova página no pequeno livro de insignificâncias que sempre fora a minha vida. Na verdade, ele tornou-se uma nova demanda na demanda original de meus fiéis clientes do clube canibal. Talvez seja mais conveniente se o definirmos como uma demanda fortuita que está se transformando em um novo campo de atividade agregado à minha demanda inicial ou primária. Difícil de definir, mas bem mais fácil de explicar.

A manhã fora praticamente uma enorme perda de tempo e a tarde conseguira ser ainda pior. Eu perdera um dia espreitando na porta de uma escola sem ter a menor oportunidade de me aproximar de qualquer uma das crianças. Pior, apenas ter que aturar as brincadeiras idiotas de algumas delas que resolveram se dedicar a azucrinar a vida do mágico que fora oferecido à escola por um dos pais (na verdade, eu mesmo) como parte das comemorações do dia da Criança.

Abandonado à indiferença de professores e inspetores no imenso e barulhento pátio, toda a minha calma foi posta à prova quando sucessivamente roubaram a minha cartola, soltaram meus coelhos e amarraram e amordaçaram uma das professoras (uma lerda que mereceu o que lhe aconteceu) com os lenços que tiraram de um dos baús em que transportei todo um repertório de magia e embuste com o único intuito de colocar pelo menos uma daquelas criaturinhas nojentas dentro do fundo falso de um deles. Até o vidro com o clorofórmio que eu levava num dos bolsos da calça simplesmente desapareceu.

Crianças!

Malditos catarrentos!

Eu estava muito cansado quando saí e me enfurnei em um bar poucos metros rua abaixo, "Escobar" ou algo assim, nem reparei. Fome. Cansaço. Um pouco de sono. Tudo o que eu definitivamente não queria era conversar e acreditei que a hostilidade premeditada no olhar mantivesse afastada a meia dúzia de bêbados e desocupados acotovelados num longo balcão vermelho. Nem todos. O gordo careca que entrou logo atrás de mim, não sei bem por quê, ajeitou-se ao meu lado. Notei que usava um jaleco cinza e no bolso do lado direito vi o nome da escola em grandes letras verdes. Trabalhava na escola.

Teriam desconfiado de algo?

Olhei de cima a baixo. Não aparentava ser professor.

Sapatos gastos. Barba por fazer. Grandes manchas circulares de suor nas axilas. Um mau hálito terrível.

Não era nem um dos inspetores. O porteiro era alto, ruivo e cheio de si até o pernosticismo.

Olhei novamente. Medi o sujeito mais uma vez com os olhos.

"Você é o mágico, não é?", perguntou.

Balancei a cabeça afirmativamente e devolvi:

"É você, quem é? Trabalha no colégio?"

Era um dos faxineiros. Cheguei a cogitar em entregá-lo ao Velho. Péssima ideia. O homem estava tão bêbado que enfiado em qualquer forno, explodiria com todo o clube.

Por que ele veio puxar conversa comigo?

Nunca soube. No entanto, lembrei-me de vê-lo se esgueirando pelo pátio o dia inteiro, me observando ou apenas vendo os truques baratos que fiz para as crianças (eu até que havia me tornado um mágico dos mais razoáveis depois de fazer um curso em uma lojinha no centro alguns meses antes).

Teria desconfiado de algo?

Na falta de melhor opção e já me cansando do beco sem saída indagador de minhas próprias perguntas e elucubrações de suspeição sem fim, esperei. Sorri e anuí quando ajeitou-se no balcão ao meu lado e pediu um conhaque. Na verdade, foi uma sucessão surpreendente de conhaques. Contei oito e nem estava olhando com tanta atenção assim. Ele queria beber e bebia com vontade. Não falava nem mesmo com o proprietário do bar. Apenas exibia o corpo e ia entregando dinheiro, e olha que não aparentava ter esse dinheiro todo, não.

Já vira aquele tipo até trivial de voracidade etílica. Eu mesmo já experimentara necessidade parecida. Confrontado com qualquer realidade inescapável e ruim, melhor beber, beber muito, embriagar-se na expectativa de algum esquecimento mesmo que fugaz. Nem pensei muito sobre o assunto e menos ainda, em me imiscuir no que quer que fosse que o inquietasse tanto. Muito ajuda quem pouco atrapalha e eu estava cansado... *criança cansa, gente!*

Bebi o segundo chope, paguei deixando alguns centavos para trás (menos por gentileza e mais por detestar carregar moedas), e levantei. Ia embora.

"Merda de justiça!", ele disse, esvaziando o copo mais uma vez e batendo com força no balcão na expectativa de outro gole.

"Como é que é?", pensei que estivesse falando comigo ou talvez apenas me rendesse àquela curiosidade que remoía e conjecturava interminavelmente dentro de mim, vai se saber, não é mesmo?

Ele esbugalhou os olhos e resmungou algo como "não falei contigo, não, seu moço...", e o copo escapou-lhe por entre os dedos e rolou pelo balcão, antes de despencar no vazio. Eu o peguei e o devolvi.

"Ah, eu não queria atrapalhar...", desculpei-me.

"Atrapalhou não", ele pegou o copo e agradeceu com uma careta até engraçada, "A vida é que é uma merda mesmo!".

"É...", concordei, protocolar e pouco interessado nele e em qualquer conversa.

"... a vida, as leis, essa cidade cheia de bandidos. Aquele Guto..."

"Que Guto?", fiz justamente a pergunta que não deveria ter feito se estivesse realmente interessado apenas em levantar e ir embora. Traído pela minha insensatez e curiosidade, acabei ouvindo a história toda.

Coisa breve, pois o homem estava bem ruim e já bebia quase que ininterruptamente há mais de dois meses, desde que a única filha, professora na escola, fora estuprada e morta por um bandidinho qualquer, o tal Guto que ele xingava de tempos em tempos e prometia matar com bem descritos requintes de crueldade. Na verdade, o famigerado estuprador incluía-se numa lista não muito grande, partilhando o ódio do pobre faz-tudo da escola e para o qual a filha professora era o seu maior orgulho e justificava toda sua existência mais uma vez patética, onde acrescentaríamos o advogado que defendeu muito habilmente o Guto em seu julgamento, o juiz que conduziu o julgamento, o promotor cuja indolência e pouco caso facilitou e muito a absolvição (ou algo bem parecido com isso, já que o jovem meliante ainda por cima era menor, noves fora o pênis duro e a exata consciência do que podia fazer com ele) e até mesmo os jurados que não existiram em seu julgamento mas que para ele deixaram o Guto ir embora quase lhe premiando com um tapinha nas costas pelo belo trabalho feito ao matar sua filha. Havia mais duas ou três citações em sua lista de vingança onde estavam os dois brigadianos que por uma boa grana do pai ou do tio do Guto (ele não tinha certeza nem do parentesco do sujeito), outro bandido da região, deixou que escapasse do flagrante (os dois circularam com ele dentro de uma viatura por mais de cinco horas até ver a cor do dinheiro do pai ou tio, sabe-se lá o quê). Os inspetores que produziram um inquérito risível e cheio de furos, que foram bem aproveitados pelo advogado do Guto; e até mesmo o pai ou tio do Guto que ele sequer conheceu, mas que falara e principalmente, intimidara muitas testemunhas do estupro e morte de sua amada filha única.

"Perdi o oxigênio da minha vida...", choramingou.

Nem sei porque fiquei, mas fato é que fiquei e depois de certo tempo, até que encontrei alguns centímetros de compaixão em meu coração para doar à dor alheia daquele pobre-diabo que até hoje desconheço o nome. Não foi muito espaço, não, pois ele não merecia. A sua autocomiseração, depois de certo tempo, enervava e acima de tudo, ele era um covarde. Um homem que realmente estivesse disposto e determinado a matar o assassino de sua filha, que ele amava, adorava, era o "oxigênio" de sua vida e et cetera e tal, já teria posto em prática e não ficaria fazendo e refazendo mentalmente aquela lista idiota.

Frouxo!

O mundo está cheio deles e a quase totalidade, desesperadamente agarrada a copos de conhaque ou algo mais forte que se transforme em coragem líquida.

A pena que eu senti desfez-se como fumaça em minha cabeça, mas se transformou com igual rapidez em algo bem mais interessante.

Um homem verdadeiramente empreendedor sabe identificar uma boa oportunidade quando a vê, pensa rápido, e eu a visualizei muito depressa na figura daquele infeliz.

Sinceridade?

Uma coisa complementaria a outra e o dinheiro se multiplicaria pelo menos por dois em meu bolso. Tudo graças àquele bêbado medroso, mas antes de mais nada, ao tal Guto, ou como eu descobriria semanas mais tarde, a Paulo Augusto Siqueira.

Gosto de acreditar que, em certa medida, estou sendo deveras útil à sociedade. Crucifiquem-se se isso também oportunizar um generoso acréscimo pecuniário ao meu dia a dia. O interesse na robustez permanente de minha conta bancária é um grande investimento, apesar de poucos saberem ou se aperceberem do fato, na paz social e importante bálsamo psicológico para vidinhas mesmo medíocres como a daquele sujeito. Tenho certeza de que logo que souber do desaparecimento e provável morte do tão odiado Guto, ele poderá encher-se de ânimo, investir-se de justificado prazer e exibir algum epidérmico e até descabido senso de cumplicidade, antes de trincar os dentes e grunhir: "Bem feito!"

Não é pouca coisa, é?

Nossa, você pode até não acreditar, mas isso vai fazer um bem danado à alma do infeliz, além, é óbvio, de acrescentar um pouco mais de grana à minha existência, pois já estou a caminho do clube dos canibais com o corpo do Guto e dos outros sujeitos com quem ele trocou tiros naquele beco não fazem nem duas horas.

Maximizar lucros reduzindo custos e riscos. Nada muito difícil de se conseguir se você espalhar os boatos adequados e fazer com que cheguem aos ouvidos certos. O tal do Guto era uma boa bisca e havia muita gente (aliás, tão ruim quanto ele) que, se não o conservavam em uma lista de vingança eternamente postergada como a do frouxo do pai da professora que ele matara, tinha muito interesse em vê-lo morto, a começar por um certo traficante a quem ele devia muito dinheiro e do qual vinha se escondendo. Nem foi preciso a utilização intensiva e muito menos extensiva de todos os meus neurônios para conseguir reunir a ambos naquele beco. Certamente não o fiz pelos lindos olhos aquosos e avermelhados do pinguço do pai da professora, mas antes, por todo o dinheiro que ele disse ter amealhado na vida inteira em uma caderneta de poupança para comprar uma casa e dar de presente para a filha quando ela se casasse (algo que, como sabemos, jamais irá acontecer). Ele não vai precisar de tanto e cá entre nós, se eu não o embolsar, certamente o idiota beberá tudinho.

Engraçado, quando lhe fiz a proposta, ele não acreditou. Não sei se sou eu, que não tenho uma figura das mais assertivas, para que acreditem em meus propósitos e em minhas propostas, ou talvez, mesmo bêbado, ele me visse apenas como outro malandro querendo rir às suas custas. O gesto de lábia desta vez foi por demais apreciável, mas depois de vários dias insistindo, creio que finalmente me tornei convincente o bastante para que me contasse quanto ainda tinha na poupança.

"É tudo seu.", assegurou, "eu só faço uma exigência."

"Sou todo ouvidos", inclinei-me em sua direção empurrando a garrafa de conhaque para o lado e olhando bem dentro de seus olhos.

"Quero a cabeça dele."

"É sua!"

Quer saber?

Já até cortei. Está no fundo do isopor em um saco plástico, soterrado no gelo. Meus amigos do clube canibal apreciam as partes mais nobres e além do mais, eu estou levando um bônus para eles, talvez nem cobre. Os corpos dos traficantes mortos também estão no gelo. Essa noite a rapaziada antropófaga vai se empanturrar.

Será que devo levar algum antiácido?

Essa diversificação está se mostrando por demais lucrativa. Na semana que vem eu já tenho outro defunto fresco encomendado pelos amigos canibais. Vem visita de fora, uns estrangeiros de um clube como o deles lá da Europa. Deu para atrelar essa encomenda ao assassinato de um advogado encomendado pela futura viúva.

Já vi o cara. Gordinho daquele jeito e tivesse ela um pouco mais de paciência, pouparia muita grana, pois um infarto é questão de tempo, muito pouco aliás. O bicho come como um porco. Difícil acreditar que tenha tantas amantes...

Ah, não é, não!

Com todo aquele dinheiro e mais o que está guardado em meia dúzia de paraísos fiscais no Caribe, ele é realmente lindo.

A morte de Paulo Augusto Siqueira me deixou bem entusiasmado. Um telefonema para o traficante dizendo onde ele estava e outro, colocando o Guto no local, no auge de uma baita crise de abstinência e desesperado por um papelote oferecido por uma amiga (que ainda ontem foi para a panela no clube, pois detesto gente tagarela e ponta solta em meus planos), e tudo resolvido.

É ou não é um grande negócio?

Inter urinas et faeces homo nascitur.

O homem nasce entre urina e fezes. Latim do bom, gente. Santo Agostinho.

O resto é merda mesmo, inclusive a vida.

Não existem regras, sentimentos são estorvo. O importante é viver e é o que estou fazendo. Sobreviver é tudo o que importa e eu sou muito bom nisso.

Este sou eu e quer saber?

Creio estar coberto de razão (e de outras coisas também. Mas não existe bônus sem ônus, estou certo?). Aliás, deve ter sido isso que o Velho viu em mim naquele dia no clube dos canibais e que até então nem eu notara.

Ita est vita hominum

Assim é a vida dos homens...

Mate-me Agora

Eu ficaria muito feliz se o tempo simplesmente parasse e todos nós, juntos e apaixonados, tão apaixonados um pelo outro que esqueceríamos completamente o resto do mundo ou não lhes daríamos a menor importância, continuássemos aqui, num eterno presente, sem nem ir para trás, nem um passo à frente, sendo apenas felizes. Não seria pedir muito, seria?

Não quero ficar pensando mais nisso. Não quero. Simplesmente não quero. Não quero deixar esse tipo de veneno doce e enebriante entranhar por minhas veias, não sei, não sei, não sei, não... onde chegaríamos com tudo isso?

Não há nada mais importante do que o amor e nada pior do que vê-lo partir, distanciar-se à medida que se torna tão desorientadamente amargo que dói só de pensar, de olhar para ele.

Tento, mas não consigo. É, bem que me esforço, mas não consigo mais olhar para ela...

É, para aquela que ainda amo tanto.

Ah, meu Deus, o amor...

O amor pode ser um inferno!

Olho mais uma vez para ela e não consigo parar de pensar ou sequer imaginar um dia sem abrir os olhos e não encontrá-la ao meu lado na cama, o sorriso que a traz sempre do banheiro – ela sempre acorda mais cedo, uma madrugadora inveterada – e o seu jeito ciciante, quase hipnótico, de dizer "bom dia" e me fazer acreditar que será realmente.

Apaixonado, eu?

Completamente.

Desde que nos encontramos ou melhor, que disputamos um derradeiro exemplar de um livro de Bauman (nem me recordo o título agora) em uma pequena e fria livraria em Botafogo. Pegamos ao mesmo tempo e o constrangimento foi inevitável, eu encantado no momento seguinte em que a vi, e seus dedos se fechando ainda mais fortemente em torno do livro, determinada, deixando claro que apesar de retribuir meu olhar, o livro seria dela. Como foi.

Esvaziamos uma garrafa de Cabernet Sauvignon argentino sem pressa alguma no igualmente pequeno restaurante nos fundos da livraria e depois daquele dia, não paramos mais de nos encontrar. Seu olhar, seu sorriso, seu jeito de falar, te amar...

Sabe aquela pieguice inescapável porém bem comum à paixão?

Comigo não foi diferente e realmente, pouco importava se era ou não ridículo cada gesto ou palavra, as tolas horas perdidas até na distância vencida pelo Messenger de seu computador, quando ela viajava por conta de qualquer compromisso nos muitos congressos dentro e fora do país para os quais era convidada por um público cada vez maior.

"Quer dizer então que estou namorando um best-seller?", brinquei em certa ocasião, sem me preocupar em disfarçar o ciúme que sentia, não de seu crescente sucesso mas dos livros que escrevia e das palestras que fazia semanalmente, e que a afastavam de mim.

Ela apenas sorria e certamente se divertia com minha crescente submissão àqueles sorrisos. Os seus sorrisos.

Socióloga de ascendente sucesso e requisitada por meio mundo, espantava-me que ainda encontrasse tempo para mim e acima de tudo, para a família. Na maior parte do tempo era bem mais fácil encontrá-la neste ou naquele programa de entrevistas na televisão ou vê-la através das telas de computador do mundo. "Interregnos de amor" era como, penso que de brincadeira, ela chamava os momentos em que passávamos mais de dois dias juntos. Nesse aspecto, acredito que sua família tivesse melhor sorte, pois ela ocupava um apartamento na Barão de Lucena a poucos metros do velho casarão onde pais, irmãos e outros tantos parentes – a família Menschenfresser era surpreendentemente numerosa e de tempos em tempos eu os encontrava naquele casarão no final de uma rua sem saída e das mais arborizadas, quase uma pequena floresta a menos de cem metros do caos de buzinas e motores incessantes da rua São Clemente – se reuniam em festas bem barulhentas

"Nós viemos da Boêmia", informou o velho Conrado, avô de... e o patriarca da família quando gaguejei e fracassei ao tentar pronunciar pela terceira ou quarta vez aquele sobrenome simplesmente impronunciável.

"Parece alemão...", capitulei, envergonhado.

"E é", confirmou o pai dela, Conrado Junior, bem mais alto e corpulento que o pai, "mas estivemos naquelas terras muito antes da Defenestração e somente depois dela meus antepassados resolveram fugir para Portugal".

"É mesmo? Por quê?"

"Ah, o clima ficou bem ruim para os Menschenfresser na Boêmia..."

Como aparentei não entender, Ivanka, a irmã mais nova de..., explicou:

"O clima político, querido, o clima político..."

Uma gente estranha em uma casa igualmente estranha, atravancada de lembranças heroicas pertencentes a guerreiros corajosos, mas em igual medida, pelo que contavam, dos mais cruéis e por consequência, temidos. Armaduras ainda reluzentes e armas intimidadoras, muitas lâminas ainda ostentado um certo tom ferruginoso que os mais novos, seriamente ou de brincadeira, asseguravam que era o sangue das centenas de infelizes que se colocaram no caminho de seus antepassados, aqueles que se sucediam pelas paredes dos vários cômodos e corredores da inesperadamente espaçosa construção. Mesmo a contragosto fui apresentado a cada um deles e me submeti sem maiores resistências e igual desinteresse ao silencioso, porém sombrio, escrutínio dos olhares que vinham dos muitos quadros onde o tempo e o dinheiro de sua gente os confinara; a biografia inescapavelmente beligerante de cada um deles, até mesmo de mulheres de aparência amedrontadora como, aliás, era a dos Menschenfresser a que fui apresentado.

Nomes, nomes e mais nomes. Ignorei praticamente todos.

De que me interessava a história, as incontáveis biografias de seus guerreiros e mulheres selvagens?

Pouco me importava quem haviam sido os senhores pelos quais tremulavam as intimidantes flâmulas e bandeiras ou a quem pertencera os pesados elmos, armaduras e escudos enfeitados pelo dragão de três cabeças dos turbulentos e orgulhosos Menschenfresser?

Não fossem os maravilhosos almoços e jantares que ofereciam e para os quais... insistia em me arrastar, e eu simplesmente os ignoraria. Mudaria até de calçada quando corresse o risco de cruzar com um deles pelas ruas do bairro como fiz pelo menos duas vezes para não encontrar com os gêmeos Klaus e Fred na estação do metrô.

Gente pernóstica!

Ah, se não fosse por...

Só por ela e apenas por ela eu os suportava e a solenidade estapafúrdia de seus intermináveis almoços e jantares, particularmente chatos e pomposos, cercados por um cerimonial ridículo, mas a que todos atribuíam a multissecular e resiliente fraternidade que os mantivera unidos e fortes até nos piores momentos. Nada mais perturbador do que aquele jantar que ocorria apenas uma vez por ano e ao qual, inclusive eu, todos se submetiam usando trajes pesados e malcheirosos.

"Se você quer realmente fazer parte da família, tem que estar no Dia da Carne da Família", resmungou Manfred, o irmão mais rabugento e misantropo de..., que antipatizava tanto comigo (e não escondia o fato, bem ao contrário) quanto eu com ele, arrematando, "pensei que... lhe tivesse dito!"

Eu comia. No início, apenas beliscava, mas quer saber?

Aquela gente podia ser um bando de chatos mas cozinhavam muito bem e nos últimos tempos, eu me esbaldava; comia de passar mal, o que era imensamente apreciado por todos.

"Agora você é definitivamente parte da família, meu rapaz", assegurou o velho Conrado.

Em menos de um ano estávamos casados e no melhor dos mundos, sob as bênçãos dos Menschenfresser (Manfred relutantemente, admito) que estiveram em sua total intimidade durante a cerimônia e apareceriam cada vez mais frequentemente em nossa casa e em nossas vidas depois que nos mudamos para um apartamento maior nas Laranjeiras.

Eu não entendo. Simplesmente não entendo.

Como tudo isso... como... como ela pode ter aceito tudo isso, como pode ter feito o que fez?

Como eu não percebi?

Talvez para essa última pergunta eu tenha uma resposta até bem simples: eu estava apaixonado. Sempre mais. Mais. Cada vez mais, e eu fiquei mais, absolutamente cego às evidências depois que ela engravidou.

Todos celebraram e eu passei a ser ainda mais absolutamente mimoseado com toda sorte de agrados e carinhos por cada membro do clã Menschenfresser. Mesmo Manfred, o irmão mais hostil e arredio de... suavizou e por fim, substituiu seu olhar beligerante por um mais indulgente e por uma maneira mais cerimoniosa de me tratar que por pouco não descambava para algo bem próximo de uma inopinada reverência. Nem minha esposa, parte da família, seu mais proeminente membro, receberia tanto carinho naqueles dias quanto eu. Nem ela nem a criança que carregava no ventre cada vez mais avantajado. Pouco depois que o resultado da ultrassonografia anunciou a todos que teríamos um menino, a alegria converteu-se quase em urros de selvagem satisfação, algo bem ao gosto dos Menschenfresser, e eu apenas estranhei a enfática recusa do velho patriarca de que a criança tivesse seu nome, algo que parecia ser por demais comum e característico naquela família.

"Não, não. Não precisa. Ele terá o teu nome, meu rapaz", insistiu, por trás de uma assertividade que beirava a franca hostilidade e desaconselhava até a menor ou mais simpática contestação.

Concordei, aceitando tão grande generosidade.

O que dizer? O que fazer?

Como explicar o que se passou ainda ontem?

Já contei a mesma história várias vezes e em todas fui tomado por louco. Os mais generosos até acham graça, pois nada mais encontram além disso. Nada que conto realmente faz sentido. Até eu mesmo custei a acreditar e depois de fazê-lo, gostaria que tudo não passasse de um pesadelo do qual irei despertar daqui a pouco para retomar uma rotina até banal de felicidade.

Bobagem, claro.

De que importa se acreditam ou não?

Eu tenho um corpo para provar.

Faltavam poucos dias para o nascimento dele. É, meu filho. Ele estava bem próximo de nascer quando... desapareceu. Não faço ideia do que aconteceu. Eu acabara de voltar do escritório e as notícias eram maravilhosas – um novo cliente para a agência, acabáramos de ganhar um prêmio importante com um de nossos anúncios e a casa que eu sonhava para a minha família na Barra seria comprada, assinaríamos o contrato no dia seguinte.

Minha mulher. Meu filho.

O apartamento estava vazio. Os dois desapareceram. Nenhum bilhete. Nada na secretária eletrônica. Apenas o convite encimado pelo dragão tricéfalo dos Menschenfresser informando sobre mais um "Dia da Carne da Família" naquela noite no casarão do clã boêmio.

Estariam lá?

Uma loucura para uma mulher prestes a ter um filho, mas não sei bem porquê, resolvi procurá-los. Talvez um deles soubesse ou... teria ela tido as primeiras contrações e um deles a levara para o hospital?

Pensamentos iam e vinham em minha mente, toda sorte de suposições e temores... nossa, nem sei quantas coisas passaram por minha cabeça naquele instante. No entanto, nenhuma delas sequer se pareceria com o que afinal de contas encontrei quando um sorridente Conrado, o patriarca, abriu a porta e gritou:

"Bem-vindo ao Dia da Carne da Família, meu rapaz!"

Todos estavam reunidos em torno de uma enorme mesa redonda com seus semblantes arrogantes e orgulhosos, olhos brilhantes e ar satisfeito, enfiados naquelas malditas roupas malcheirosas. Bebiam e comiam feito loucos, em uma voracidade nauseante. Deu vontade de vomitar frente aqueles rostos lambuzados de gordura e enquanto me esquivava de suas mãos que rescendiam a indefiníveis temperos e molhos. Surpreendentemente, minha esposa estava entre eles, espremida entre o pai e a irmã Ivanka, mastigando com idêntica voracidade, um líquido escuro e viscoso escorrendo pelo canto da boca.

Manfred gargalhava, o deboche estampado no rosto vermelho e brilhante de gordura, apontando-me para os outros. O salão inteiro girava em torno de mim, eu me sentindo asfixiado por aquela profusão de odores e por uma barulhenta mistura de palavras incompreensíveis, o retinir infernal e incessante de pratos, copos e talheres.

Meu Deus, o que era aquilo?

Que banquete era aquele?

Doideira!

Recuei, horrorizado, quando Manfred ergueu uma das bandejas fumegantes que estava sobre a mesa e aproximando-se, disse:

"Coma, meu amigo! Agora você é um dos Menschenfresser e tem que comer como nós a nossa carne..."

Não... não... não...

Não era possível.

Pior, bem pior, inacreditavelmente ruim por ser em igual medida, absurdo. Era um pesadelo. Um sonho diabolicamente ruim. Não podia ser possível que eu estava vendo tanto quanto aqueles rostos tomados por satisfação tão descabida e ainda mais horripilante por ser bem verdadeira.

A bandeja...

Aquilo na bandeja era um corpo. Pequeno, parcialmente mutilado, encoberto por legumes e como que flutuando em um estranho molho gorduroso e fumegante, mas ainda assim, um corpo, o corpo de um recém-nascido. A cabeça jazia num dos extremos reluzentes da bandeja de prata, sustentada por uma das alças em forma de um dragão com a boca das três cabeças arreganhadas, presa ao resto do corpo pelos ossos frágeis de uma incipiente coluna, o corpo em si descarnado e naquele instante, partilhado em nacos sanguinolentos até mesmo pela própria mãe.

"Coma um pouco, rapaz", pediu o velho Conrado, um dos braços estirado sobre meus ombros num amistoso abraço, "Partilhe deste momento que você nos proporcionou..."

Nem sei o que disse ou fiz. Lembro-me apenas que o empurrei e corri. Corri para bem longe de tudo aquilo. Voltei para casa. Voltei para casa e aqui estou mesmo depois que... apareceu.

Apenas ouço. Eles devoraram meu filho, o filho que nem cheguei a conhecer, e ela vem me falar de tradição familiar. Ela fala e eu olho para ela e ainda vejo a mulher por quem estive apaixonado desde o primeiro dia em que a vi.

O costume nasceu da necessidade em algum dia sombrio ainda no século XVI ou XVII, tanto faz, alguns anos depois da Defenestração (sempre é bom lembrar da Defenestração para uma raça antiga, nefanda, mas extremamente orgulhosa de seu passado), quando a fome os enlouqueceu, mas também os uniu em torno do corpo sem vida de um deles. Aquele primeiro corpo devorado os manteve vivos e os uniria para sempre.

Tradições são a essência de famílias fortes e unidas, ela assegurou, e ao longo dos séculos aquela foi não apenas mantida, mas também aprimorada. Ao primeiro corpo devorado, o de um morto, seguiu-se o sacrifício dos doentes e mais adiante dos velhos, dos incapacitados, das crianças, até se chegar ao primeiro recém-nascido de cada nova geração. Eu deveria me sentir honrado, ela insistiu, pois era a primeira vez em dois séculos que alguém de fora da família era convidado a fazer parte ou era aceito como um membro da família. Tudo por conta do amor, da paixão que... sentia por mim.

Geralmente os Menschenfresser casavam-se entre si e davam seus primeiros filhos para o Dia da Carne da Família. Apesar de não ter me contado, ela dizia, ela também sabia que eu aceitaria assim que conhecesse toda história.

"Podemos ter um outro filho e ele será tão forte quanto os Menschenfresser são", assegurou.

"Não, eu não quero isso!", gritei e em seguida lhe entreguei o revólver com o pedido, "Mate-me agora!"

Ela sorriu e tentou me tranquilizar. Garantiu que tudo iria passar e ainda seríamos muito felizes. Duvidei. Peguei o revólver de volta. Ela sorriu e disse que me amava. Foi nesse momento que atirei nela.

Depois disso?

Quem se importa?

Eu também morri.

Os Pecados da Carne

De gustibus non est disputandum
Provérbio romano*

Eu achei que era brincadeira. Juro, achei mesmo.

Cá entre nós, você também acharia se um cara, do nada, virasse para ti e muito singela e simplesmente, informasse:

- Nós gostamos muito de carne humana!

What?

Risinhos em torno da mesa. Os membros da família de Hidalgo trocaram risinhos cúmplices em torno da mesa, enquanto eu, pasmo, os olhos arregalados, contemplava o que restara do farto jantar com que havíamos nos servido com vontade até então, principalmente a carne.

- Aqueles bifes... – balbuciei, o rosto em chamas, um travo amargo e nauseante apertando minha garganta, uma repentina vontade de vomitar me fazendo salivar abundantemente.

- Estavam suculentos, não é mesmo? – apressou-se em comentar a menorzinha de Hidalgo, os olhos brilhantes e a boca arreganhada num largo sorriso de satisfação.

Seus dentes. Olhei para ela, mas principalmente para seus dentes pequenininhos e afiados, fiapos de carne drapejando entre eles feito bandeiras enquanto sorria.

Engulhos. Uma ânsia a muito custo controlada. Queria vomitar, mas antes de mais nada, me levantar, correr para longe daquela mesa, parar de olhar para aqueles pratos, para o meu prato, para os poucos pedaços de carne que jaziam na larga travessa bem no centro da mesa, mergulhados num espesso molho escuro e, pensei, apavorado, sanguinolento.

E se fosse sangue?

Seria sangue?

Humano talvez?

Meu Deus...

"O gosto é ligeiramente adocicado, mas a carne compensa tudo – insistiu Hidalgo, acrescentando: - principalmente se é carne nova".

"Desmancha na boca", aduziu o mais velho dos três filhos de Hidalgo, o bochechudo de olhos doentios, como definira minha mulher.

Não sei porque, mas naquele instante pensei em Clarice e em como ela desconfiara deles desde o início.

"Eu não sei o que aquela gente tem, mas não gosto da maneira como olham para nós..."

Sempre sorria diante de suas desconfianças.

"Eles são de outro país, mulher. O que espera? Eles têm tanto medo e desconfiança de nós quanto nós deles. É natural..."

Ela não se convencia.

"Não tem nada de natural naqueles olhares, Gustavo. Vai por mim, melhor ficar longe deles".

Eu devia ter dado ouvidos a Clarice.

Mas como poderia?

Hidalgo e a família chegaram silenciosamente e pelo menos nos primeiros meses, se converteram nos vizinhos de que nada se sabia, mas que muito se dizia, boatos ou algo bem próximo de boatos.

Muitos diziam que eram argentinos e outros tantos asseguravam que se tratavam de bolivianos. Alguém insinuara que eram chilenos depois que um dos filhos, que frequentava a escola onde também estudava o mais velho dentre os filhos de Hidalgo, contara que durante certa aula de Geografia, ele falara muito sobre terremotos.

"E só por isso eles são chilenos?"

Não, mas porque ele falara o nome de uma cidade, Bio-Bio, onde, como pesquisara Clarice no Google – ela não saía de lá desde que sofrera uma queda no emprego e ficara mais de seis meses prisioneira de sua cama -, houvera um terrível terremoto alguns anos antes.

"8.8 na Escala de Richter"

Os boatos cresciam e se repetiam em torno de nossos misteriosos vizinhos e depois de certo tempo, convertiam-se na mais escorregadia das "verdades", aquela em que acreditamos porque muitos a repetiram para outros tantos, o bastante para que nelas todos acreditassem. Para nós, os que moravam na casa ao lado, eles eram os chilenos que nos espreitavam através da cerca que nos separavam e que Clarice resolvera transformar numa sólida muralha que nos defendia do que quer que fossem.

"Melhor não dar confiança. Não quero essa gente aqui em casa"

Toda aquela preocupação me parecia uma incipiente, mas preocupante, neurose. Eu ria e melhor, me divertia com os temores de Clarice. Chegava a ser ridículo vê-la se afastar correndo sempre que Hidalgo, a mulher ou uma de suas crianças, se aproximavam ou tentavam nos dizer qualquer coisa, mesmo que fosse um simples "bom dia".

"Não sei, não. Tem algo neles..."

"Você vai acabar enlouquecendo"

"Se você não pensa, eu penso em nosso filho. Não quero essa gente tocando ou mesmo pegando o Juninho"

"Você está louca, Clarice!"

"Não quer mais um pouco?" perguntou o filho do meio dos Hidalgo, o magricela de grandes olheiras e caninos salientes, que Clarice, quando ainda não havia ido embora, costumava chamar de "Lobinho". Ele empurrou o prato de carne na minha direção e eu gelei diante de seu sorriso, olhos fixos naqueles caninos cinzentos.

Levantei-me num salto e recuei na direção da porta.

"Obrigado..." consegui dizer, "já estou satisfeito".

Clarice!

Briguei com Clarice quando César, o angorá que ela criava com tanto ou mais carinho do que nosso filho, desapareceu.

"Foram eles! Eu tenho certeza de que foram eles!..."

Brigamos outras vezes, mas quase sempre por conta de nossos novos vizinhos e ainda mais depois que permiti que nos visitassem pela primeira vez. Primeira de muitas. Hidalgo, mas principalmente sua mulher e os filhos, passaram a frequentar nosso quintal e chegaram mesmo a nos ajudar a procurar César. Aliás, foi o mais velho de seus filhos que encontrou a carcaça inchada e fedorenta do gato enterrada nos fundos de nossa casa.

"Foram eles..."

Quase nos separamos quando eu os convidei para almoçar em nossa casa e por muitos e muitos meses Clarice inventou uma quantidade impressionante de desculpas e pretextos para não aceitar o convite deles para jantar. Definitivamente, por mais que tentassem, Hidalgo e sua família não conseguiam vencer a crescente barreira de temores e desconfianças que erguia solidamente entre nós.

"Não sei, não sei. Apenas não gosto deles. Será que você pode respeitar isso?"

Eu tentava, mas conforme o tempo passava e eu me tornava mais íntimo de Hidalgo, menos paciência tinha e detestava aquela situação que se mostrava injustificada e, na minha opinião, constrangedora.

Lembro-me do dia em que ela voltou do trabalho – ela era funcionária do Museu de Belas-Artes no centro e nos últimos tempos quase não aparecia na repartição, entrincheirando-se dentro de casa com nosso filho. Ao ver Juninho no colo da mulher de Hidalgo, descontrolou-se e tirando-o de seus braços, correu com o menino e se trancou em nosso quarto. Discutimos feio naquela noite e no dia seguinte, Clarice havia partido para a casa da mãe em Niterói.

Fui obrigado a fazer um monte de promessas para que finalmente, depois de quase um mês, ela voltasse com nosso filho. A principal delas, claro, envolvia Hidalgo.

"Eu não quero aquela gente aqui dentro de casa!"

Concordei.

Fazer o quê, né?

Resignei-me ao que considerava um despropósito, esperançoso de que, mais cedo ou mais tarde, ela visse o que eu via em Hidalgo e sua família – um grupo de estrangeiros em busca de aceitação por parte de uma vizinhança até então arredia e no caso de Clarice, hostil. Não consegui. Clarice desapareceu na semana passada. Levou Juninho.

"Você tem que voltar logo para casa. Volta logo ou você não vai me encontrar quando chegar logo mais à noite"

Foram as suas últimas palavras, gritadas ao telefone, quando me ligou. Tentei acalmá-la. Eu estava atendendo um cliente, precisava bater minha meta no banco ou teria sérios problemas para permanecer na gerência da agência onde trabalhava – havia muitos querendo e lutando abertamente pelo meu lugar, eu estava com os nervos à flor da pele. Discutimos...

"Você enlouqueceu, Clarice"?

Mandei que fosse procurar algo de útil para fazer. Ela me xingou. Desliguei o celular e sorri para o cliente quando o vi colocando seu nome na linha curta no fim da folha de papel. Mais um tigre morto na luta pela minha sobrevivência no banco.

Não a encontrei quando cheguei à noite. Procurei-a na casa da mãe e não a encontrando, na casa da irmã em Resende e do irmão, em

Campos. Nenhum deles a vira. Nem eles nem a melhor amiga, que vivia num casarão no Alto da Boa Vista. Clarice desaparecera com Juninho.

"Você tem que ver o que vi..."

Uma das últimas coisas que ela disse. Lembrei daquela frase quando olhei para Hidalgo e seus filhos.

O que teria visto Clarice?

Durante semanas fiquei remoendo aquela pergunta, sem encontrar tanto uma resposta aceitável e muito menos, quem a fizera. Clarice e nosso filhinho simplesmente desapareceram.

Nem sei bem quando aquela inquietação teve início. Foi aos poucos, não tenho dúvidas. Talvez por conta da solidão de nossa casa. Os quartos vazios. A cozinha silenciosa. O banheiro ainda por limpar e que eu, por preguiça ou remorso – volta e meia, me acuso, pois acho que deveria tê-la ouvido mais e com mais atenção -, deixei como estava, como encontrei ao chegar em casa. Durmo pouco. Durmo mal. Faltei muitos dias no banco, pretextando o desaparecimento de minha família. Nem sei se acreditaram ou se a essa altura já perdi meu emprego. Pouco importa. O que passou realmente a importar foi aquela inquietação, aquele demoniozinho que passou a fustigar minha consciência...

"Você tem que ver o que vi..."

Por isso e por nada além disso, passei a me interessar mais pela casa de Hidalgo. Por isso que, sem sono e sem paz, passei a espreitar-lhes os movimentos. Via quando saíam, uns para o trabalho e as crianças, para a escola. Não precisei de muito tempo para saber quando a casa estava vazia. Foi por isso também que aceitei o convite para jantar com eles, apesar de saber o que serviriam. Estive ainda ontem na casa. Na verdade, invadi por uma janela nos fundos e pus-me a escarafunchar a vida de Hidalgo e de sua família. Foi dessa maneira que me inteirei acerca da peculiaridade gastronômica de Hidalgo e sua família.

Recortes de jornais de três anos atrás. As primeiras páginas sobre a milagrosa sobrevivência de uma família depois de quarenta e tantos dias soterrada nos escombros de um prédio em uma cidade chilena devastada por um terremoto. Num dos jornais havia umas poucas linhas sobre vários corpos parcialmente devorados encontrados no mesmo prédio de onde haviam saído Hidalgo e sua família. Os ratos que fervilhavam nos escombros acabavam como responsáveis por tão horripilante repasto. Nem uma linha a mais sobre o assunto.

Claro, tal informação por si só não serviria para revelar ou desmascarar o paladar incomum de Hidalgo. Foi preciso encontrar o grande congelador que existia no porão da casa. Na verdade, todo o porão era um imenso frigorífico. Nele encontrei mais do que procurava, mas a razão para aceitar o convite de Hidalgo para jantar.

Penduradas em ganchos, num frio realmente glacial, encontrei carcaças, muitas parecendo defumadas, de partes de corpos humanos. Quase morri ao contemplar aquela quantidade ponderável de pernas, braços, coxas, mãos e pés de homens, mulheres e mesmo crianças. Um verdadeiro açougue para antropófagos. Em pequenos vidros ou plásticos – não sei bem, pois não tive coragem de tocá-los – via-se membros em conserva, miúdos, miudezas inequivocadamente humanas. Dentro do maior deles, centenas de olhos, sabe-se lá porque, eram conservados e fixaram-se em mim quando me apoiei em uma das paredes geladas, quase desmaiando.

Malditos monstros!

Por um instante ainda me questionei como e quando conseguiram tamanha quantidade de corpos. Lembrei-me vagamente que de tempos em tempos, um furgão refrigerado estacionava na garagem de Hidalgo e alguns homens muito parecidos com ele – parentes, conhecidos, conterrâneos, chilenos como ele - e descarregavam caixas e mais caixas que fumegavam, congeladas com certeza.

Não me detive muito em tais questionamentos depois que os vi. Na verdade, depois que vi partes deles dependurados em alguns ganchos à esquerda da pesada porta do porão. Parte do tronco ainda preso a cabeça de Clarice. Juninho, meu filhinho, pendurado num gancho ao lado. Mortos. Ou melhor – *Deus me livre!* – preparados para serem consumidos.

Foi por isso e por nada mais que aceitei o convite de Hidalgo para jantar. Fingi aceitar a argumentação dele de que eu precisava desanuviar a cabeça, divertir-me um pouco, e ele se propunha a me ajudar. Fingi até mesmo que não sabia o que serviriam. Na verdade, foi exatamente por saber que aceitei. Depois do que encontrei, pensei em muitas coisas, a primeira delas, em chamar a polícia. Desisti.

Do que me serviria a polícia depois do que vi? Depois de constatar que aqueles monstros haviam matado minha família?

Vê-los presos não me bastava. Eu precisava de mais.

Foi por isso que aceitei o convite, mas antes de mais nada, foi por isso que naquele dia mesmo, pela manhã, segui a mulher de Hidalgo até ao aeroporto, onde ela trabalhava e a convenci de que nos encontráramos por coincidência no elevador na hora do almoço dela. Não foi tão fácil convencê-la a me acompanhar até o estacionamento – nem me recordo o que pretextei, mas a pancada seca na nuca foi suficiente para dominá-la e prendê-la no porta-malas de meu carro. Uma facada no coração bastou para matá-la, mas esquartejá-la demorou boa parte do dia e sujou toda a cozinha lá de casa. Tive que tomar um banho para me limpar antes de cruzar meu quintal para o dele e substituir a carne que Hidalgo me serviria – e que estava temperada dentro da geladeira da cozinha, seguramente de Clarice e Juninho – pela de sua esposa querida. Ainda bem que todos gostaram, pois comeram bastante.

Sei que não pretendem me deixar sair dessa casa. Vi quando o filho mais velho de Hidalgo trancou a porta da frente e também as facas que esconderam debaixo da mesa. Pouco importa. Valeu o prazer. Não de comer a carne que me serviram, Deus-seja-louvado, mas aquele que encontrei depois que Hidalgo me disse que gostavam de carne humana e eu repliquei:

"Eu também. Sua mulher era realmente muito saborosa!"

Ele empalideceu terrivelmente e pela primeira vez notou que a esposa ainda não voltara do trabalho. Para a eventualidade dele não acreditar em mim, espalmei a mão direita e lhe mostrei a grossa aliança dourada que os dois exibiam ostensivamente.

A filha mais nova de Hidalgo começou a vomitar, talvez tentando recuperar parte da mãe que devorara. O mais velho deixou-se cair na cadeira como um boneco de marionetes que se liberta abruptamente das cordas que lhe garantem vida e movimento. O do meio continuou contemplando com certa insaciedade o último bife na grande travessa. Quanto a mim, dei um último sorriso para Hidalgo e informei que havia tomado uma boa dose de veneno que trouxera de casa, mas que não se preocupasse, pois colocara um pouquinho no copo de cada um deles – sem que notassem, é claro – durante o jantar. Infelizmente seria obrigado a morrer antes deles, mas não se pode querer tudo na vida, não é mesmo?

Por fim, soltei um último arroto – na verdade, carne humana é um pouco indigesta se não for adequadamente temperada com um pouco de vingança e ódio, não necessariamente nessa ordem – e morri.

Encurralado

"Como uma pessoa fica tão vazia?"

Eu lera aquela mesma frase, só que em inglês, sete anos antes, quando viajei para a Disney e a achei chata o bastante para me agarrar no mesmo livro que agora encontro em português, traduzido sabe-se lá por quem, na livraria do cinema onde espero por alguém que começo a suspeitar que não virá.

FAHREINHEIT 451.
Ray Bradbury.

Na ocasião, me agarrei a ela depois de quatro dias na companhia de um bando de gente chata e vazia como podem ser certas pessoas que vão a Disney com uma imensa lista de compras. Agora penso em mim mesmo, o que não é pouca coisa. Aliás, é a única coisa que me resta fazer.

Nem sei em que pensar. Na verdade, nem sei porque pensei neste livro.

Falta do que fazer?

Provavelmente.

Não tenho muitas alternativas. Há mais ou menos duas horas cheguei e estou esperando. Eu estaria ainda mais irritado se aquela velha não tivesse pago e pago bem para que eu viesse aqui e entregasse essa caixa.

Quer saber?

A coisa está tão feia e eu já estou com duas diárias atrasadas. Por isso e somente por isso, eu nem pensei muito sobre o assunto e topei vir até aqui com esse pacote idiota.

Tudo bem. Eu já sacudi, encostei a orelha para ver se ouço alguma coisa, qualquer barulho (o tiquetaquear de uma bomba-relógio, quem sabe) e nada. O pacote é leve e aparenta estar vazio. É tudo muito estranho.

A velha e seu risinho angelical, quase sempre abraçada àquela menininha de cabelos vermelhos e intensos (e para mim, desagradáveis) olhos azuis. O apartamento às escuras e enfeitado com as coisas mais bizarras em que já pus os olhos – mesas cobertas com pedras dos mais variados tipos e tamanhos, arrumadas em círculos concêntricos, praticamente sem começo ou fim; estátuas antropomórficas de criaturas desconhecidas, numa fronteira indefinida entre deuses e demônios; quadros com homens e mulheres usando roupas bem antigas, confeccionadas ao longo de muitos e muitos séculos, boa parte deles guardando desconcertante semelhança com a velha e a menina. Cortinas pesadas conservavam uma escuridão opressiva e rescendiam a mofo.

Nem perguntei muito. Apenas peguei o endereço onde devia deixar o pacote e parti. Um cinema velho, caindo aos pedaços, numa praça deserta de Vaz Lobo. O letreiro prometia um festival de terror dos mais arrepiantes: UM FIM-DE-SEMANA ASSUSTADORAMENTE SANGRENTO. Nada muito atrativo, pois além de uma recepcionista sonolenta e mal-encarada, não havia viv'alma no prédio muito antigo.

1918, 1913, algo assim, gravado no alto da fachada maltratada, mas mesmo assim, imponente. O verde pesado e sujo não fora capaz de macular o ambiente aristocrático, de lustres reluzentes e diferentemente de todo o resto, nem um pouco empoeirados. Nada para beber ou para comer. Apenas o silêncio dos longos lances de escadas e o mar de cadeiras onde fantasmas insondáveis e quase centenários certamente assombravam aquela exasperante quietude.

Cheguei a pensar em deixar o pacote com a recepcionista, mas não a encontrei em lugar algum. Quis ir embora. Deixaria o pacote em qualquer lugar e iria embora. A entrada ampla que se escancarava para mim quando cheguei quatro horas antes, estava trancada. Procurei mas não encontrei outras saídas. Bati. Gritei. Nada. Ninguém apareceu. Uma sensação desagradável foi aumentando à medida que o tempo passava. Fui me sentindo só, cada vez mais só, encurralado talvez seja a palavra mais adequada. É, encurralado. Encurralado por aquele silêncio interminável, quebrado somente pelos meus passos estalando através dos degraus, ao longo dos corredores, entre as cadeiras vazias.

Não era possível acreditar em tudo aquilo. Trancado dentro de um cinema velho tendo como companhia apenas uma caixa que a cada momento que passava me parecia mais vazia. Senti-me vitimado por uma brincadeira tola de algum desocupado, o rosto sorridente da velha aparecendo em minha mente de tempos em tempos, alegre assombração para sei lá o quê. Quanto mais pensava nela, mais algo me desagradava em seu olhar, em seus sorrisos, nos gestos educados, mas acima de tudo, na excessiva generosidade dela.

Quem era ela?

Não me recordo se disse o nome. Não faço a menor ideia de quem seja. Nunca a vira antes. Sequer cadastrada ela era. Simplesmente ligaram para a cooperativa e solicitaram um táxi. Calhou de ser eu. Dei azar. Não sei mais o que faço. Sinto-me cada vez mais encurralado, constrangedoramente sem saída. Nem penso em contar para os outros no PA. Ninguém vai acreditar e os que acreditarem, rirão muito às minhas custas. Isto, claro, se eu encontrar uma maneira de sair daqui.

Absurdo.

Loucura.

O que estou fazendo aqui?

Porque me prenderam aqui?

Nada disso faz sentido. Nenhum, nenhum. Parece um pesadelo e dos mais doidos; se arrependimento matasse, eu já teria caído morto nesse buraco malcheiroso.

Eu adoraria ter qualquer coisa para ler, algo para fazer. Fahrenheit 451. Finalmente descobri porque pensei nesse livro. Estou numa situação tão absurda quanto a de seus personagens, a começar por Montag, o bombeiro que não apagava mas punha fogo em livros, numa sociedade em que ter livro era crime.

Não sei o que é mais absurdo, mas decididamente não estou gostando. Num dos corredores encontrei um velho espelho. Moldura estranha, constituída por um círculo interminável de gárgulas e outras criaturas intimidantes. Vi-me refletido nele e decepcionei-me.

Nossa, como eu estou distante daqueles tempos mais gloriosos de engenheiro naval e dinheiro fácil, gasto em viagens tão emocionantes quanto rotineiras para lugares cada vez mais caros e mais aborrecidos como Miami, deliciosamente interessante para uma esposa obcecada por compras e operações plásticas, entre outras práticas peterpanianas para retardar o inevitável envelhecimento...

Tudo acabou bem depressa, o pequeno estaleiro, os carros e as muitas casas e apartamentos, o casamento, as viagens, e todas as felicidades que o dinheiro pode comprar e que faziam uma falta danada para uma esposa que encontrou um ótimo advogado – o suficiente para lhe assegurar uma bela separação depois do divórcio – que tirou boa parte de tudo o que eu tinha – a outra parte, meus advogados se incumbiram de consumir com muita competência e nenhum escrúpulo.

Definitivamente, eu já vivi melhores dias. Não fosse um antigo cliente, dos tempos do estaleiro, proprietário de duas centenas de táxi, e eu estaria bem enrascado.

Saudades de Miami, gente, muitas saudades...

Bom, fui e voltei por mais um par de horas pelo prédio. Acendi algumas luzes. Entrei e saí de várias salas. Fantasmagórico. Tudo vazio pelo menos até que voltei para a sala de projeção e encontrei pelo menos vinte das cadeiras ocupadas por aqueles desconhecidos.

Instintivamente olhei para a porta da frente, mas encontrei-a fechada. O espanto foi ainda maior quando me voltei mais uma vez para a sala de projeção e quase me choquei com a velha e a menina de cabelos vermelhos.

"A senhora..." gaguejei.

Ela sorriu. É, aquele mesmo sorriso cheio de gentilezas e sentidos perturbadores que me recebeu naquele apartamentozinho ordinário na rua Gomes Freire. Em seguida, tirou delicadamente a caixa de minhas mãos.

"Obrigada, mas agora não vamos mais precisar disso" informou.

"Mas que brincadeira sem graça é essa, dona?" resmunguei aborrecido, os olhos inquietos e indo de um rosto ao outro, aquela gente se levantando silenciosamente, olhos fitos em mim.

"Não é brincadeira, filho. É uma festa..."

"Festa? Que festa?" quase todos tinham garfos e facas nas mãos, enrolados caprichosamente em finos guardanapos bordados. Eram quase todos bem velhos, tanto quanto a velha, e cinco deles, os mais velhos, carregavam pesadas facas e cutelos, um deles com um serrote.

"Aquela em que o senhor é o prato principal" ela abriu a caixa e a exibiu para mim. Não havia nada dentro dela. "E dos mais suculentos..."

Ninguém vai acreditar, pois ninguém nunca irá saber. Aquela velha e os outros velhos, até a menina, eram apreciadores de carne humana. Dei azar. Nem tive tempo de correr. Eles eram velhos mas se mostraram surpreendentemente rápidos. Estavam famintos. Quem eram, de onde saíram e outras tantas perguntas ficaram sem resposta. Não tive tempo de fazê-las e muito menos, de ouvir as respostas. Não tive tempo. A morte me pareceu ser rápida. Não havia como saber...

Espero que tenham uma bruta indigestão!

Velório

"Gente esganada!"

"Como comem!"

Da posição em que me encontro é fácil observá-los à perfeição, cada detalhe, a menor peculiaridade de humor ou de caráter, aquela mínima e quase imperceptível idiossincrasia que singularizava e explicava o comportamento de cada um dos convidados daquele inusitado banquete.

Como sei?

Em certa medida, faço parte dessa situação constrangedora. A contragosto mas faço. Culpa minha também sou forçado a admitir.

A ambição, meu caro amigo, a ambição...

A ambição é uma inimiga dissimulada e consequentemente, insidiosa, na maioria das vezes mal se nota a sua malignidade a não ser, é claro, quando já é tarde para se fazer qualquer gesto. Temível e igualmente poderosa, consome sem pressa alguma aqueles que por ela se deixam dominar.

Filosofia barata de botequim?

Antes fosse, meu amigo, antes fosse. Infelizmente, não é. Aliás, no meu caso específico, nunca foi e ainda por certo tempo, não deixará de ser. Pelo contrário, vejo-a como minha natureza, a segunda pele que procuro esconder bem debaixo de meus modos solícitos e sorrisos educados, mas que visto desde que tomei consciência de que não me dariam nada na vida e tudo o que eu quisesse ou desejasse teria que ser tomado, inclusive dos que tinham e não davam valor ao que tinham ou daqueles que eram incapazes de manter o que possuíam, fosse por sorte, por herança, ou por quais outros meios fossem – desses, particularmente, não tenho dó nem muito menos piedade: via de regra são idiotas, boas-vidas que a própria leviandade mais cedo ou mais tarde levaria à ruína; se não fosse eu, seria outro qualquer; portanto, que fosse eu.

Não, em momento algum de meus vinte e oito anos me vali da força bruta. Primeiro porque simplesmente não a tenho, nunca tive. Eu era o tipo franzino e doente, de óculos de aros redondos e forte astigmatismo que se convertia no alvo óbvio dos brutamontes na rua, na escola e ao longo da vida, aqueles que pretendiam impressionar essa ou aquela garota, sendo os piores e mais cruéis. Segundo, porque, como dizia o medíocre do meu pai, "quem vive pela espada, acaba morrendo por ela". E terceiro, relacionando-se diretamente com a frase de meu pai, coragem e valentia nunca foram meus maiores atributos. Aliás, sendo absolutamente franco, pois a verdade podemos dissimular, esconder de todos, menos de nós mesmos, não sei se tenho algum atributo mais visível ou digno de menção, a não ser, é claro, uma capacidade digna de invertebrado de sobreviver sob as condições mais adversas. A vida inteira eu me retroalimentei de minha fraqueza atávica – pertenço a uma notável linhagem de invertebrados humanos e nenhum de nós até hoje foi digno de nota sequer de pé-de-página de livro ruim, pelo contrário, o anonimato é o nosso lar e refúgio. A covardia me garantiu perenidade. As humilhações e submissões, forçadas ou não, asseguraram até hoje a minha sobrevivência. Aprecio as sombras onde posso ruminar sozinho a minha insatisfação de viver das sobras dos outros e arquitetar novas fórmulas de manipular as fraquezas dos outros.

É uma virtude, sabia?

Compreender a sua verdadeira estatura na complexa estrutura da existência humana até te confere uma capacidade peculiar de lidar com os outros, notadamente os fracos mais estúpidos que são aqueles que acreditam que são melhores, mais fortes e mais audazes e mais inteligentes do que você – e como tem gente nesse mundo que confunde esperteza e matreirice com inteligência...

Aliás, muitos estão ali, bem na minha frente, empanturrando-se feito porcos, a mercê de pretensas grandiosidades e espertezas.

Seriam tão arrogantes se soubessem que estão sendo filmados? E a carta, se souberem da carta?

Não, não sou daqueles que acreditam que "quem ri por último, ri melhor". Quem ri por último, como diz o velho clichê, apenas não entendeu a piada e pronto.

Além do mais, de que posso culpá-los?

O erro foi meu. Julgar-se esperto demais pode ter consequências, com o perdão da má palavra, bem indigestas. Foi o que aconteceu comigo. Aqui mesmo, onde agora todos se empanturram tão alegre e despreocupadamente, foi onde tudo começou penso que, há mais ou menos dois ou três anos.

A funerária fica na parte da frente. É, os glutões estão se enfastiando há poucos metros de dezenas de caixões. Todos os tipos, tamanhos e qualidades. De caixões e de glutões.

"Funerária Valdecasas & Filhos" e desde o início eram exatamente os tais "filhos", Isadora e Estevão, os meus maiores problemas. Enquanto estiveram distantes, na companhia da mãe em algum lugar de São Paulo, eu era responsável pela funerária. O velho Hugo de Valdecasas, o proprietário da funerária, vivia solitariamente na casa dos fundos, longe da mulher, de quem se separara quando os "filhos" eram ainda crianças. Ele confiava em mim. Não no início, claro. Sempre foi assim nos outros empregos que tive. Ninguém me dava muita importância, isso quando não me desprezavam sem maiores rodeios. Na funerária não seria diferente. Quando cheguei ainda havia a velha Maria Eugênia e as crianças, junto com a mãe. Tinham acabado de mudar-se com a mãe para a casa dos pais dela em São Paulo.

A antipatia foi mútua. Por ela, eu sequer teria sido contratado. Seus olhos vermelhos e empapuçados, as olheiras cinzentas agravando o aspecto doentio, realmente desagradável, de seu rosto alongado e ossudo, e de sorte, de toda a sua triste figura, não se deixaram enganar. Devo admitir; a velha enxergava longe e a ela, ao contrário de Hugo de Valdecasas, não consegui comover.

Como poderia?

Aquela mulher simplesmente não tinha coração. Toda sua vida estava indissoluvelmente ligada à funerária. Ela era a gerente, mas Valdecasas a deixara de tal maneira responsável por tudo naquele lugar que muitos nas redondezas e os clientes acreditavam que fosse a proprietária ou na pior das hipóteses, sócia dele. E por conta de tão absoluta dedicação, entregava-se a toda sorte de artifícios e atitudes para o velho, empurrando caixões caríssimos para gente miserável, serviços desnecessários para os mais endinheirados e poupando dinheiro para o velho a partir dos salários miseráveis que nos pagava, isso para ficarmos apenas naquilo que testemunhei ou que os outros funcionários me contaram.

Deu trabalho me livrar de Maria Eugênia. Para início de conversa, ela era onipresente, quer dizer, apesar de ter um pequeno apartamento num prédio próximo, na prática era como se morasse na funerária. Eu chegava e ela já estava lá. Quando saía e cada vez eu saía mais tarde, continuava lá.

O que tanto fazia até tarde, principalmente nas noites de sexta-feira?

Quem eram aqueles homens, mulheres e crianças que vinham tarde da noite nas últimas sextas-feiras de outubro?

Quem era aquela gente?

O que velavam (muitos chegavam no próprio carro funerário dirigido pela própria Maria Eugênia)?

"Não é da sua conta!" foi tudo o que ela disse quando perguntei.

Havia algo de peculiar na relação daqueles dois. Nem sei bem o que era, mas percebia-se uma certa tensão entre ambos e o espanto representado pelas pupilas dilatadas quando os surpreendia no escritório dele, desde sempre território proibido para mim (mesmo hoje ou pelo menos até algumas horas atrás, eu jamais cruzei o umbral da porta do escritório do velho Hugo de Valdecasas).

Qual o grande segredo?

Jamais soube (vocês já sabem que tal segredo perdurou até algumas horas atrás) e pelo menos naquele instante não era o mais importante, pois o que importava verdadeiramente era que, fosse o que fosse, constituía-se num elo por demais sólido a uni-los e, portanto, um forte obstáculo às minhas tentativas de afastá-la.

Não seria tão simples. Havia algo de misterioso naqueles olhares trocados por eles sempre que eu os surpreendia em alguma situação que não sabia precisar qual era, aquela sensação opressiva de estar onde não deveria estar, partilhando de algo que não sabia do que se tratava mas respondia pelo silêncio renitente de ambos.

A confiança absoluta só pode ser vencida, não pela certeza da traição, mas pela suspeita de que a mesma esteja ocorrendo. Caso o velho Valdecasas começasse a suspeitar da fidelidade de sua amiga e gerente, pensei, talvez eu tivesse alguma chance de substituí-la. Bem mais fácil pensar do que concretizar, ainda mais se levássemos em conta que eu sequer sabia que tipo de segredo os dois partilhavam.

Não foi fácil, não foi mesmo. Aquela magricela era mais fria do que uma enguia e metódica até as raias da pura e simples obsessão. Dia após dia repetia um mesmo itinerário através de uma existência insípida e sem maiores sobressaltos. Nada mudava. Até o menor gesto ou movimento. Maria Eugênia era praticamente invencível, pois não existia nada que a prendesse à vida a não ser sua existência. Nem pais, marido, filhos, bichinho de estimação ou pecado. O paredão íngreme e rochoso de uma montanha teria mais reentrâncias ou pontos onde eu pudesse me agarrar. Nada. Nada. Aquela mulher era desconcertante. No entanto, acredite, não existe problema sem solução, você é que não pensou o suficiente.

Pensar, observar com mais atenção e paciência. Consumi noites inteiras relembrando fatos, me apegando a detalhes, reconstituindo pedaços de conversas entre ela e cada pessoa que entrava e saía da funerária. "A paciência é uma virtude, meu filho", repetia o rei dos clichês, o senhor meu pai, sempre que minha mãe lhe cobrava maior ambição, uma luta mais feroz pela vida e ele se refestelava no sofá da sala, tirava os sapatos e esfregava os pés inchados um no outro, talvez procurando na televisão outro clichê para justificar a rotina mortificante que vivia: "tem gente vivendo pior do que nós, mulher!".

O senhor, meu pai, o maior vendedor de sapatos ao sul do Equador, o filósofo da mediocridade que assola amplos setores da Nação.

Nada me escapou, nem o mais ínfimo fragmento. Aos poucos, na ignorância fria e solitária que era minha mente avançando pela escuridão misteriosa e impenetrável que era a relação entre Maria Eugênia e o velho Valdecasas, uma luz tremeluziu e só fez aumentar até se converter num verdadeiro e abrasador sol de densa solução. Fácil de compreender que em tais circunstâncias, tentativa e erro são partes indissociáveis do jogo e, portanto, muitas ideias passaram por minha cabeça, as absurdas de longe sendo as mais deliciosas.

Solteirona das mais renitentes, de início, cogitei inventar algum tipo de interesse amoroso para Maria Eugênia – por exemplo, pagar a alguém para encantá-la e fazer a pobre-coitada se enrabichar e consequentemente, cometer alguma besteira, um desfalque já seria o bastante. Desisti de imediato. Primeiro, porque seria caro demais – batesse os olhos na megera e o sujeito, fosse lá quem fosse, cobraria caro e bem caro (ou simplesmente desistiria, pois a velha era indubitavelmente mais feia do que a necessidade). Segundo, porque eu acreditava que Maria Eugênia já cruzara aquela boa e velha fronteira que separa a felicidade da resignação. Ela já estava conformada à própria solteirice com todos os subprodutos que acompanham esse tipo de aceitação, tais como rabugice, rancor e uma certa inveja contra todos que ousassem ser felizes ao seu lado, mas acima de tudo, desconfiança. Enfim, nessa ela não cairia.

Em seguida, pensei em veneno. Bobagem, sei bem, pois Maria Eugênia era mais metódica e escrupulosa do que um obsessivo compulsivo. Todas as suas coisas eram separadas das dos outros funcionários – copos, canecas, pratos, garfos, facas, e por aí vai.

Um belo susto?

Desisti. A velha era quem assustava em toda essa história. Tinha os pés leves de um ladrão e nada mais irritante do que virar-se e descobri-la a centímetros de você, espreitando com seus olhinhos estreitos e devassadores.

Que inferno!

Foi mais ou menos nesse momento, que cheguei ou fui empurrado à solução que se mostraria eficaz ao meu interesse em tirar Maria Eugênia do meu caminho.

"O Diabo mora nos detalhes", não é o que dizem?

E foi a partir de um deles que eu finalmente consegui. Aliás, a solução esteve o tempo todo diante do meu nariz, mais exatamente no segredo tão zelosa e ferozmente escondido por trás da relação íntima, porém tensa, entre ela e o velho Valdecasas, onde mais?

Naquela ocasião eu ainda não sabia do que se tratava, penso já ter dito isso. De qualquer forma, percepção acurada e paciência infinita, passei a notar que em certas sextas-feiras, sem uma semana ou mês definidos a não ser em outubro, quando era a última semana do mês, mas nunca antes de uma infinidade de telefonemas que Maria Eugênia costumava fazer trancada em sua sala, um carro funerário chegava e estacionava nos fundos. Isso ocorria já no final do dia e Maria Eugênia nem se preocupava com sutilezas ao me mandar embora. O mistério era irritante, mas ser excluído do que quer que fosse, ainda pior. Odeio ser excluído. Sempre odiei. Eu me sentia diminuído, desimportante. Bom, de qualquer modo e por mais que ela procurasse se certificar de que eu nada soubesse – Maria Eugênia me acompanhava até a porta e ficava lá, encostada no umbral e com os braços cruzados sobre o peito (denunciando toda a sua irritação e impaciência), observando até ter certeza de que eu embarcava em meu ônibus -, num certo dia, eu, mesmo de dentro do ônibus, pude ver um grupo de homens vestidos de negro dos pés à cabeça, descarregando um caixão.

Seria um velório noturno? Gente rica?

Jamais soube e naquele momento, pouco importava. O que importava era que toda a responsabilidade por tão misterioso evento cabia a Maria Eugênia e se algo saísse errado, a culpa também recairia sobre seus ombros ossudos e encurvados.

Microcâmeras são coisas baratas de tão banalizadas e usadas nos dias de hoje. A ideia me veio exatamente num dia em que via uma daquelas matérias tão ao gosto do jornalismo investigativo e do público em geral. Claro que nada adiantaria colocá-la em um dos botões de meu paletó. Eu não pretendia simplesmente filmar Maria Eugênia mas antes, a pequena agenda preta que retirava da única gaveta trancada da mesa que ocupava na gerência da funerária. Aquela gaveta só era aberta nas tais sextas-feiras. Sextas-feiras peculiares quando, de modo inesperado, Hugo de Valdecasas podia ser visto mais frequentemente na funerária, andando de um lado para o outro, ansioso, as feições crispadas, esfregando as mãos uma na outra. Sextas-feiras em que volta e meia os dois se encontravam e de modo furtivo, entre os caixões expostos, o velho perguntava:

"Tudo certo para o velório de hoje à noite?"

Mesmo depois que ela o tranquilizava e insistia que estaria tudo organizado até o final do dia, o velho aqui e ali retornava e insistia na mesma pergunta. Passou-se mais de um mês antes que eu retirasse a câmera que instalei em seu escritório (apenas alguns meses atrás, quando os "filhos" de Valdecasas voltaram e passaram a infernizar a minha vida, eu voltei a instalá-las e espalhá-las pela funerária; algo que afinal de contas vai se mostrar bem útil quando meu advogado abrir a carta que enviei para ele na semana passada). Foi um dia depois de outra daquelas sextas-feiras. Trabalhoso mas útil.

Quer saber por quê?

Numa das imagens, Maria Eugênia aparecia digitando um número de telefone que descobri posteriormente ser de um funcionário do Instituto Médico Legal no centro da cidade. Não um funcionário qualquer, mas um dos legistas mais antigos. Imaginei que se tratasse apenas de mais um capítulo patético na guerra ainda mais patética entre as casas funerárias do estado. Velórios caros não davam em árvores e qualquer informação privilegiada vinha bem a calhar e gerava generosa remuneração, um oportuno acréscimo ao salário minguado de um legista. Por outro lado, e se tratando das funerárias, um defunto rico sempre seria bem-vindo e duvido que mesmo o sovina do Valdecasas fosse refratário à ideia de pagar alguma coisa para atender sua família.

Seria isso?

Em princípio, pensei que fosse. No entanto, analisando os outros números de telefone (e ligando para eles, quase sempre me valendo dos mais diferentes artifícios para descobrir a quem pertenciam, o meu favorito sendo o atendente de telemarketing de uma funerária), todos aqueles para onde Maria Eugênia telefonava, percebi uma certa familiaridade étnica neles. Invariavelmente os sobrenomes eram espanhóis como o de Valdecasas. Pesquisando um pouco mais, identifiquei como oriundos de uma determinada região especialmente remota de Carabanchel, vilarejos esquecidos e mencionados apenas na Wikipédia pelos anos em que a Inquisição andou perseguindo bruxos, feiticeiros e sabe-se lá mais o que em meados do século XVII. O próprio legista, eu descobriria mais tarde, descendia de outra das tais famílias originárias daquele fim de mundo.

Seria isso então? me perguntei. Tudo não passava de uma sólida afinidade étnica que levava aquela gente e seus descendentes a procurar um agente funerário de mesma origem e a celebrar seus velórios naquela casa funerária?

Na ocasião, pensei pouco e a cobiça fez o resto. Para desvencilhar-me de Maria Eugênia bastava indispô-la com Hugo de Valdecasas.

Tudo bem, mas como?

A ajuda de minha mãe não poderia ter sido mais preciosa. Nem foi tão difícil consegui-la ou convencê-la a me ajudar. Pelo contrário, ela ficou tão absolutamente encantada com a minha visita que nem fez maiores perguntas.

Eu e minha mãe nos entendemos bem. Ela sempre foi tão ambiciosa quanto eu. Na verdade, sempre foi ela e eu contra o medíocre do meu pai. Desde o início me estimulou a lutar para ser alguém na vida e depois da morte de meu pai, também compreendeu porque tive que colocá-la em um asilo (do jeito que eu trabalhava e estudava, mal tendo tempo para mim mesmo, quem cuidaria dela?).

Natural que recorresse a ela quando precisei que me ajudasse. Eu precisava de alguém para se passar por Maria Eugênia e perceptivelmente bêbada (confesso: embebedei minha mãe), ligar para o legista que era a ligação entre a funerária e o Instituto Médico Legal. Ela, fingindo-se confusa e mais exageradamente irritante (minha mãe era uma artista!), informava que mandaria o carro funerário a determinado horário e que ele providenciasse tudo. O legista, surpreso, inicialmente tentou argumentar que não havia corpo algum à disposição, mas como insistíssemos (rimos muito naquele dia, eu e minha mãe), irritou-se e por fim bateu o telefone.

Como podem imaginar, o velho Valdecasas repreendeu Maria Eugênia. Nas primeiras vezes (é, foram bem mais de uma e mãe adorou, pois eu nunca a visitara tanto no asilo quanto naqueles dias), tudo foi a portas fechadas. No entanto, e com a repetição daquela situação constrangedora entre a funerária e o legista (certa vez, "Maria Eugênia" deixou o recado com um dos funcionários do Instituto Médico Legal e o sujeito compreensivelmente estava preocupado), as discussões aconteciam a qualquer momento e em qualquer lugar. Numa das tais sextas-feiras misteriosas, Maria Eugênia efetivamente ligou para o legista. Não sei o que aconteceu, mas o carro funerário não trouxe caixão algum. O velho Valdecasas enlouqueceu. Maria Eugênia subiu para a casa dele e os gritos dele estrondearam escada abaixo, derramando-se pela funerária. Pensei que ele fosse matá-la e os poucos clientes que estavam sendo atendidos, assustados, saíram. Quando voltou, Maria Eugênia estava tão branca e assustada que era possível ver as veias azuis de seus braços coleando na palidez cadavérica. Passou-se mais dois ou três dias e na quarta manhã, ao chegar para trabalhar, ela simplesmente não estava e Hugo de Valdecasas ocupava sua sala. Não foi o que eu esperava, mas aos poucos, mesmo não alcançando o cargo de gerente tão ambicionado, fui acrescentando funções, importâncias e, é claro, valores ao meu trabalho. Ganhei aumentos e responsabilidades na mesma medida em que Valdecasas acrescentava anos à sua velhice. Nos últimos tempos, ele mal descia para a funerária e eu me convertia rapidamente no dono de fato da funerária. Pelo sim, pelo não, tratei de retirar algum dinheirinho a mais para mim, o que se mostrou extremamente útil quando os filhos de Valdecasas voltaram e o convenceram a passar a administração do negócio para os dois.

Em pouco mais de oito meses, me transformei em um "boy" de luxo, subserviente aos caprichos e humores para não ser simplesmente mandado embora. Nenhum deles aprecia o negócio e Isadora, a mais nova, já dissera mesmo em alto e bom tom que assim que o velho morrer, vai vender a parte dela. Estevão é bem mais perigoso, pois se parece comigo quando eu tinha a idade dele. Bajulador, falso como uma nota de três reais, coube a ele retornar com os "misteriosos velórios" das sextas-feiras.

Logo depois do desaparecimento de Maria Eugênia, eles pararam ou só aconteciam muito raramente e sempre sob a estrita supervisão do velho. Fui afastado de tais atividades e a mesa e a agenda de Maria Eugênia desapareceram da sala dela com igual rapidez. Apenas a idade e as dificuldades cada vez maiores para descer de sua casa, somadas a uma fragilidade mental que o levava a esquecer tudo e qualquer coisa com desconcertante facilidade, puseram um fim aos tais velórios. Pois bem, Estevão os ressuscitou, mas me deixou de fora deles com o melhor e mais envolvente dos seus sorrisos.

"Espero que você compreenda" disse. "Essa gente é muito esquisita e não gosta de estranhos."

Pior do que dizia, somente o que fazia. Ele e a irmã, mas principalmente ele, desde que chegaram (a pedido do pai, diziam e repetiam, como se estivessem interessados em convencer a si mesmos), se dedicaram a infernizar a minha vida. Dia após dia, esmiuçam as contas da funerária, fazem perguntas, questionam qualquer gasto ou decisão que eu tome. Aos poucos, vi-me compelido a abandonar a antiga sala de Maria Eugênia que logo em seguida acabou ocupada pelos irmãos. Voltei ao balcão e ultimamente estava mais na rua do que lá dentro. Era eu que novamente saía para cuidar da burocracia nos hospitais e cemitérios. Cabia a mim também os pagamentos nos bancos e repartições públicas e depois que Isadora despediu a faxineira, manter a funerária limpa tornou-se outra de minhas responsabilidades.

Tentei falar com Valdecasas, desespero eu sei. O velho nunca simpatizou comigo e sua antipatia sempre fora temperada com uma irremovível desconfiança entrevista naquela chispa perturbadora que via em seus olhos sempre que os surpreendia fixos em mim. Nunca em tempo algum pus ao menos um dedo dentro da escuridão de que era feita a relação dele com Maria Eugênia. Não éramos íntimos. Jamais fomos. No entanto, o que poderia fazer?

Mais dia, menos dia aqueles dois bisbilhoteiros topariam com um de meus deslizes financeiros e eu me veria desmascarado e desempregado. Começar tudo novamente em outro lugar me apavorava. Descobrir-me um fracassado como meu pai, ainda mais.

Inútil. Totalmente inútil. Aqueles dois estavam construindo um muro bem sólido entre eu e Valdecasas, tinham-no sob controle. Em certa medida, ele e eu.

O velho estava definhando a olhos vistos. Não duraria muito tempo mais e aqueles urubus esperavam somente o momento mais apropriado para tomarem posse de tudo.

Estava encurralado. Odeio tal situação. Nas poucas vezes em que estive ou me senti encurralado, não consegui ser o que sou na maior parte do tempo, pelo contrário, me deixei levar pelos piores sentimentos, a começar pelo medo. O desespero veio logo em seguida e eu não sei por que, resolvi bisbilhotar um daqueles misteriosos velórios de sexta-feira. Talvez a lembrança de Maria Eugênia e de como aqueles velórios a uniam ao velho Valdecasas.

Não, ela não era um "deles", nunca fora. Ela, como dizia, sabia muito bem o seu lugar e logo que organizava tudo para aquele velório, saía. Nunca ficava. "Em hipótese alguma!", repetia quase apavorada. Fosse o que fosse, pensei, tornara-se suficiente para mantê-la no emprego por muitos e muitos anos.

Aquele segredo poderia ser a minha salvação, pensei. Bastou saber que haveria outro daqueles velórios na última sexta-feira para me preparar para testemunhá-lo. A agenda preta que pertencera a Maria Eugênia reapareceu nas mãos de Estevão que fez diligentemente todos os preparativos para que nada saísse errado. No auge do entusiasmo, chegou até a comentar com quem quer que estivesse no outro lado da linha:

"Hoje é o aniversário de papai e eu não quero que ele tenha qualquer tipo de contrariedade. Nada pode dar errado."

Mal o carro funerário estacionou nos fundos do prédio, eu me escondi dentro do melhor caixão existente no mostruário e esperei. Foi mais ou menos nesse momento que as coisas começaram a dar errado. Eu ouvi movimentação na loja e Isadora chegou a xingar um bocado, resmungando:

"Aquele imprestável! Foi embora e nem fechou a loja!"

Tive que reprimir o riso para que não percebessem que eu estava dentro de um dos caixões, precaução que no momento seguinte se revelou uma grande perda de tempo, bobagem das maiores: meu esconderijo fora descoberto e estava sendo fechado. Mãos fortes ergueram o caixão e o carregaram para o que imaginei ser os fundos da loja. Mais uns segundos e a tampa foi aberta e piscando nervosamente, os olhos golpeados pela intensa luminosidade das luzes acesas bem sobre o caixão, deparei com duas dezenas ou mais de rostos, Valdecasas e os filhos entre eles.

“Eu sabia que o senhor não ia resistir à tentação” disse Estevão, um risinho perverso nos lábios cinzentos. Os dentes à mostra eram pequenos, bem juntos e pontiagudos como o da maioria das pessoas que rodeavam o caixão em que eu me encontrava, olhinhos brilhantes, dardejando uma estranha impaciência e ansiedade.

Ânsia de quê?

Descobri no momento seguinte quando Estevão virou-se para Valdecasas e acrescentou:

“Esse é o seu presente, pai. Feliz aniversário.”

Não entendi muito bem o que se passava (ou tive medo de compreender), mas pressenti imediatamente o que estava prestes a acontecer. Todos tinham enormes tigelas nas mãos e dentro delas, garfos e facas de tamanho respeitável, tão respeitável quando o do cutelo que Isadora entregou a Valdecasas antes de se afastar do pai com o irmão.

O velho sabia o que estava fazendo e por isso, o golpe foi certeiro e rápido, praticamente indolor.

A história daqueles velórios e daquela gente eu descobriria um pouco depois. Eles descendiam de um grupo de imigrantes espanhóis que chegaram no Brasil no início do século passado depois de séculos de perseguição em sua terra natal. Moradores de uma região extremamente pobre e remota da Espanha, para sobreviver, haviam se dedicado ao canibalismo. Logo que começaram a receber relatos sobre aquelas populações de canibais, as autoridades religiosas do Santo Ofício passaram a persegui-las. Os que sobreviveram, iniciaram uma fuga interminável pelo país até finalmente se decidirem a instalar-se no Brasil, onde constituíram toda uma rede de relacionamentos para manter aquele aspecto peculiar de seus interesses gastronômicos. O que antes era necessidade, aos poucos, durante os séculos de fuga, convertera-se num prazer passado de geração para geração, uma nefanda extravagância a que se lançavam de tempos em tempos com crescente e irremovível interesse. Valdecasas era o último dos primeiros imigrantes – todos os outros já haviam morrido e sido devorados por seus antigos companheiros e descendentes – e eu infelizmente não teria o prazer de ser o primeiro não-integrante da confraria a ser devorado por eles. Maria Eugênia, indigesta Maria Eugênia, pobre Maria Eugênia, tivera essa duvidosa honra. Valdecasas não podia simplesmente mandá-la embora ("Ela sabia demais", gorgorejou enquanto se deliciava com um pedaço suculento de minha coxa esquerda).

Dizem que quando estamos morrendo, saboreando os últimos instantes de qualquer existência (boa ou ruim, tanto faz), aquilo por que passamos, a vida que tivemos, passa bem depressa diante de nossos olhos.

Quer saber a verdade?

Nunca acreditei realmente nisso. Pura bobagem. Ou quase. A vida passa, mas não tão depressa como imaginamos ou gostaríamos de acreditar. Pelo contrário, ela passa bem devagar, com enervante lentidão. Brincadeira perversa, talvez apenas para que tenhamos a possibilidade de perceber o que estamos perdendo ou para nos arrependermos de não termos feito mais e melhor, ou de outro jeito ou as duas coisas.

Vai se saber, não é mesmo?

É o que está acontecendo agora. É, nesse instante, bem ao alcance de um olhar de inútil comiseração. Morro. Ou melhor, morri há algumas horas atrás. Já não sinto o corpo. Desabitei-o por completo. Vai longe qualquer vigor ou a vitalidade, esvai-se o sangue levando tudo para longe de mim. É, estou morrendo e morrendo, sigo vendo, solitário e impotente observador de meu próprio fim, o que fui, o que estou deixando de ser bem vagarosamente. O mais interessante é que posso contemplar com riqueza de detalhes. Ali, sobre a grande mesa está o que restou de meu corpo esquartejado, lambuzado de sangue, o que ainda não foi devorado pelos que estão reunidos em torno do caixão, a começar por Valdecasas, o aniversariante (e o próximo a ser devorado na próxima sexta-feira, ouvi um dos convidados sussurrar), e seus filhos. Minha cabeça jaz no alto da pilha de ossos descarnados. Uma visão insólita de alguém sobre si mesmo. Penso que terei que me acostumar com essa nova condição e tentar usufruí-la da melhor maneira possível, talvez assombrar a funerária. É, gente, o que estão pensando? Ou ainda não notaram?

Agora eu sou um fantasma.

Buuu!

FIM

Impresso por :

Graphium
gráfica e editora

Tel.:11 2769-9056